훌라댄스 엄마의 인생

작가이 고유의 글맛을 살리기 위해

한글 맞춤법에 맞지 않는

일부 표현을 수정하지 않았습니다

훌라댄스 엄마의 인생

김경부 지음

생각의빛

Chapter 1
엄마도 사람이다

Chapter 2
도전에 주저하지 마라

Chapter 3
훌라댄스의 매력

Chapter 4
평생, 나는 훌라댄스 할 것이다

Chapter 5

엄마들이여, 행복할 일을 찾아서 가라

Chapter 1

엄마도 사람이다

엄마의 삶만 고집하지 않겠다

"엄마."

내가 엄마가 되고 나니 점점 엄마의 존재를 실감한다. 아이를 해산하고부터 더 애틋해진다. "나를 이렇게 낳으셨구나. 그런데 어떻게 넷을 낳았을까?" 똑같은 과정을 지나 나를 키워주신 엄마를 정말 위대하게 볼 수밖에 없었다. 그리고 나도 딸을 낳았을 때 벌써 마음이 좀 무거웠다. "이 아이도 똑같은 여자의 고통을 겪어야겠구나." 하며 병원에서 누워있는 동안 생각이 저절로 났다. 하지만 낳는 것으로 모든 것이 끝나는 것이 아니다. 엄마의 무게는 이제 시작이다. 다른 이름도 아닌 엄마라는 이름은 뭔지 모르게 많은 것을 포함한다. 가정의 울타리를 안전하게 평화롭게 유지해야 하는 막중한 책임이 있다. 그것이 그냥 얻어지는 것이 아니라 노력을 해야만 얻어진다. 그래서 엄마는 더 위대하다.

　이제 아이들이 다 커서 성인이 되고 나니 어느 순간, 나의 시간에는 엄마라는 존재만이 남아있다는 것을 알았다. 내 시간을 쪼개서 두 아이를 키워왔던 치열한 순간들도 동시에 직장생활을 하며 지내왔던 시간이 머릿속 기억들로 남아있었다. 그리고 오롯이 남아있는 엄마의 이름 뒤에 감추어졌던 '나'를 발견하게 되었다. 누구도 관심 두지 않았던 나는 50대가 되어있었다. 그리고 그 이후의 삶을 어떻게 살 것인가! 고민하게 되었다.

　제일 먼저 한 것은 내가 나를 사랑하는 것부터이다. 내가 나를 사랑하는 것을 진정으로 원하고 있었다. 사랑하려면 관심을 두는 것부터 시작하지 않는가? 무엇을 좋아하는지? 무엇이 하고 싶은지? 물어보고 최대한 우선순위에 올려놓고 시간을 내어주는 것이다. 왜 내가 좋아하는 것을 하면 사치 같고 다른 사람들이 눈이 밟혀서 선뜻 내 것을 위해 사지 못하고 먹지 못하는 것이 많지 않은가? 20대에는 책임질 사람이 없으므로 내가 하고 싶은 대로 하면서 자유롭게 살지 않았는가? 그때의 나를 생각해보면 너무도 당당하고 아름다웠다. 거슬러 올라가 그때로 돌아갈 수는 없다. 나의 젊음과 가정의 행복과 바꾸어 버렸다고 생각해도 후회는 없다. 젊었지만 그때도 막연했던 미래가 어쩜 고민이 많았을 것이다. 하지만 지금은 살아온 만큼 살아갈 날에 대한 신념은 있다.

여자의 일생에서 50페이지 정도 써내려 왔다면 그 이후의 삶을 어떻게 살 것인가? 는 당연한 나의 숙제이다. 나에게 주어진 페이지를 어떻게 써 내려갈 것인가 고민하다가 내가 20대에 두고 온 것이 무엇인지 생각해보았다. 나의 20대는 춤추는 것을 좋아했다. 그래서 노래에 맞추어 창작하고 그것을 여러 곳을 다니며 지도했다. 다양한 무대에서 춤을 추었다. 스스로 교안을 만들기 위해 오랜 시간 공들여 책을 만들기까지 했다. 팀을 구성해 연습하고 비디오도 만들고 나름 후배를 양성하는데 몰두해 있었다. 그것이 내가 맡은 사명으로 알고 최선을 다했다. 임신하고 배가 불러서도 멈추지 않는 나의 길이었다. 아이가 둘이 되면서 시간은 턱없이 부족했다. 그리고 점점 소홀해지기 시작하고 어느 순간 모든 것을 놔버렸다. 그리고 춤추는 것에 대한 생각이 떠나지 않자 이사하면서 가지고 있었던 의상들을 모두 버렸다. 그리고 생계라는 무대 위에서 춤을 추기 시작했다.

어느 날, 20대에 내가 두고 온 것을 알았다. 아직도 가슴이 뛰고 하고 싶은 것, 좋아하는 것이 있다는 것을 찾았다. 그것을 되찾을 방법을 생각해야 했다. 그때의 똑같은 춤을 출 수는 없다. 나이 들어서도 출수 있는 춤을 추고 싶었다. 이제 다시는 헤어지지 않고 함께 할 수 있는 춤을 말이다. 어느 날 문득 유튜브를 통해 보게 된 춤이 나에게 아주 크게 다가왔다. "바로 이거다." 그것은 훌라댄스였다. 운명처럼 보게 된 춤을 보고 또 봐도 너무 추고 싶어졌다. 아주 처음부터 배워야 하기에 두려움이 있었지만, 호기심이 더 많았다. 그리고 검색하기 시작했다. 어디서 어떻게 배워야 할지 계획을 세우기 시작하면서 두고 온 나의 것을 되찾은 기분을 만끽했다.

진정으로 원하는 엄마의 삶이란 조건 없는 희생이 답이 아닌 것 같다. 물론 어쩔 수 없다. 생명을 책임져야 하므로 사랑으로 잘 양육해야 하고 베풀어주어야 한다. 누군가는 그렇게 해야 공동체는 돌아간다. 사랑의 수고가 있어야 화목하다. 그것을 누구 한 사람만이 감당해야 한다고 생각하지는 않는다. 하지만 대부분 엄마가 그것을 책임진다. 가족 모두가 엄마가 희생해야 한다고 강요하지 않더라도 스스로 책임진다. 자신이 그렇게 만들고 나중에 억울하다고 여긴다. 그것도 마음먹기에 다르다고 생각한다. 주체적인 나를 잊어버려서는 안 된다. 당연한 일을 내가 했을 뿐이고 누군가의 강요 때문에 하고 있다는 생각을 버리고 즐겁게 감당을 하면 되지 않겠는가? 모든 사람이 역할이 있다. 엄마의 역할이 무엇인지 깨달았다면 그에 맞는 행동을 하면 된다. 그것을 잘하고 못하고는 누구도 평가하지 않는다. 다만 그때 나라는 존재를 항상 데리고 다녀야 한다. 넘을 수 없는 큰 산이 있을 때 산이 있다고 불평하며 문제점을 말하지 말고 어떻게 넘을 것인가 해결책을 생각해야 한다. 그럼 반드시 방법이 생긴다. 나라는 주체가 든든히 서 있는 한 삶은 그렇게 살아내어 간다.

엄마의 삶만 고집하지 말자. 내가 있어야 남이 있다는 것을 명심하자. 매일 거울을 보고 나에게 이렇게 이야기해 보자.

"나는 소중해.

나는 사랑받는 존재야.

나에게 내 삶을 위한 원대한 계획이 있어.

나는 어디를 가든지 복이 나를 따르고 있어.

나는 무엇을 하든지 성공할 거야.

멋진 미래가 나를 기다리고 있어."

우리는 누군가에게 영향력을 주면서 살아간다. 엄마라는 부담감, 무게를 잠시 내려놓고 사랑과 격려를 아끼지 않고 나에게 해보자. 상황과 환경이 그렇게 마음먹은 대로 되지 않는다고 실망할 필요는 없다. 언젠가는 기회가 온다. 그때를 기다리며 나를 챙겨야 한다. 내일은 어떻게 될까 걱정하지 말고 오늘 하루를 온전히 살아가야 한다. 지금 이 순간을 최선을 다하면 된다. 남이 나를 찾아주지 않는다. 나를 찾는 것은 오로지 자신의 몫이다. 나의 선택이다. 엄마의 삶을 살아가면서 나의 행복도 미래도 내 인생의 주체자로 충분히 살아갈 수 있다. 우리의 태도는 현재에서 최선을 다하겠다고 결심해야 한다. 바로 오늘의 자리에서 꽃을 피우고 하루하루를 누리기로 다짐해 본다. 결코, 이기적인 생각이 아니다. 나를 사랑하는 것을 가족이 어쩜 더 원하는 것일 수도 있다. 얼굴엔 미소를 띠고 인생을 즐겁게 사는 모습을 말이다. 엄마도 사람이기 때문에 충분히 행복할 권리가 있다는 것을 보여주자.

밥하고 빨래하는 것에 목숨 걸지 마라

"매일 하는 일이라곤 밥하고 청소하는 일이예요."

일찍 명예퇴직하고 만난 지인의 이야기이다. 일정한 시간 직장생활을 하며 반복된 아주 바쁜 생활을 했는데 갑자기 늘어난 시간에 집에서 할 수 있는 일을 하다 보니 그 일이 전부가 되어서 우울하다고 한다. 공감된다. 나 또한 같은 입장이기 때문이다. 직장 다닐 때는 바쁘다는 핑계로 몰아서 집안일을 했었는데 직장인에서 프리랜서가 되면서 시간을 잘 활용하지 않으면 그냥저냥 보내겠다는 생각이 들었다. 그렇지만 또 빡빡하게 만들고 싶은 생각은 없다. 그래서 하루의 일과를 어떻게 잘 보낼 수 있는지 연구하기 시작했다.

누가 시간을 조정할 것인가? 바로 나이다. 나 자신의 매니저가 되어 나의 시간표를 만들어 가는 사람이 된다. 빈 곳이 되어 있는 하루의 시간에 공적인 일정과 개인 일정을 나눈다. 공적인 일정은 나와 별개로 다른 사람들과의 약속을 이야기한다. 시간이 많다는 이유로 다수의 모임에 가입하면 복잡한 상황만 만들 수 있다. 될 수 있는 대로 내가 필요한 곳에 선택과 집중을 해야 시간을 잘 정돈할 수 있다. 갑자기 약속이 몰려버리면 허둥지둥 끌려가는 상황이 만들어져 난처해지는 경우가 종종 생긴다. 개인 스케줄이야 말로 너무 중요하다. 본인이 통제하지 않으면 시간은 그냥 흘러가 버린다. 그래서 아주 핵심적인 루틴이 필요하다. 나만의 할 수 있는 일을 말이다.

나는 작가가 된다는 이유로 하루 2시간은 노트북을 열어 흰 백지 위에 글을 남긴다. 나의 글이든 남의 글이든 매일 글을 쓴다. 산책과 명상, 책 읽기 등 자신이 할 수 있는 일을 정해서 꾸준하게 매일 한다.

큰 목표를 정하고 잘게 쪼개서 하루하루를 나누어 실천한다.

정확한 목표가 있다는 것은 중요하다. 다른 사람과의 약속은 잘 지키려 한다. 하지만 자신과의 약속은 흐지부지되어 "언제 약속을 했지." 하며 넘길 때가 있다. 그래서 명확하게 내가 하고 싶은 일을 '시각화'해서 생각하면 실행력이 매우 높아진다.

개인 저서 책 쓰기를 하겠다고 결심했다. "이걸 어떻게 써!" 하며 책 한 권의 무게감이 들었다. 하지만 책 한 권을 나누어 보았다. 목차의 구성은 보통 5장으로 이루어지고 그 안에 소제목이 7개 정도 들어간다고 생각하면 35개의 꼭지가 만들어진다. 한 꼭지는 보통 A4 2장으로 이루어진다. 한 꼭지는 서론, 본론, 결론으로 나누어져 크게 5~7문단으로 이루어져 있다. 하루에 A4 2장을 35번 반복하면 책이 된다고 단순하게 생각한다. 책 한 권을 다 쓰고 환하게 웃고 있는 내 모습을 상상하면서 내 머릿속에 이미 시각화를 한다. 그리고 바로 실행, 쓸 수 있는 기한을 정하고 하루하루 실천하면 된다. 내가 한 약속이지만 나 혼자만 알고 있는 약속을 다른 사람들이 알 수 있도록 알리는 것도 중요하다. 나 자신이 지켜야 할 책임감이 들기 때문에 지키려고 노력한다. 하나의 높은 산을 넘고 나면 자신을 믿게 되고 할 수 있다는 자부심이 생긴다.

나 자신을 위해 가장 오래 할 수 있는 일에 몰두해라. 건강만큼 중요한 것이 없다. 모든 것이 있어도 한순간에 모든 것을 가질 수 없게 만드는 것이 건강이라고 생각한다. 그래서 건강하기 위해 해야 할 일을 영력, 지력, 체력으로 나누어서 할 수 있는 일을 세부적으로 나누었다. 신체적인 건강은 물론이거니와 정신적인 건강도 중요하기 때문이다. 이 세 가지는 오래도록 내가 해야 할 일이기도 하다. 하루, 일주일, 한

달 단위로 내가 할 수 있는 일들을 만드는 것이다. 그리고 양보할 수 없는 내가 꼭 해야 할 일들로 만들어 놓는다. 아주 작은 시간이라도 꼭 해야 하는 일로 만든다. 이것이 어쩜 나를 구성하는 요소가 될 수 있다. 지력을 위해 한 달에 한 번 조찬포럼에 참석한다. 오전 7시에 시작을 한다. 그럼 장소가 멀 때는 오전 5시 30분에 출발을 해야 할 때도 있다. 그 전날 내가 입을 옷을 미리 준비해두고 화장하고 나간다. 다양한 주제와 인사들의 강연을 들을 때면 내 머릿속이 샤워하는 느낌이 든다. 새로운 인사이트가 번쩍이면서 감동의 물결이 흐른다. 내가 경험할 수 없는 것들을 실제 강사가 와서 핵심을 말해준다. 다시 궁금한 사항이 있으면 책을 산다. 강사들은 대부분 자신의 책을 가지고 있다. 아니면 동영상으로도 만날 수 있다. 음미하듯 그때의 이미지, 말들을 생각한다. 그것이 오래도록 반복되면 나도 모르게 살아가는 지혜를 얻게 된다. 그렇게 만나는 분들이 1년이면 12명이 되고 계속 쭉 늘어가게 된다. 다른 사람들의 인생을 책을 통해 강연을 통해 지력을 키워가는 계획을 잡는다. 2015년부터 시작한 나의 루틴이다.

하루하루 작고 소소한 일들에 감사하고, 멋진 하루를 마무리한다. 날마다 나를 새롭게 하려면 하루하루 감사해야 한다. 평범한 하루이지만 오늘 나에게 주어진 하루가 얼마나 감사한가! 푸른 새벽이 환해지면 어디선가 날아온 부지런한 새들이 지저귄다. 희망찬 아침이 밝았다고 알려주는 알람 같다. 꼭 중요한 일 아니면 알람을 맞춰놓지 않는다. 나의 생체리듬대로 일어나게 되는데 거의 비슷한 시간에 일어난다. 오늘 나에게 어떤 행복이 찾아올까 기대하면서 소소한 행복을 찾는다. 아침에 일어나 거울에 비친 나에게 먼저 환하게 웃어주는 것이 먼저다. 하루에 좋은 일만 가득하길 바라는 하루를 만드는 아주 거창하고도 짧은 의식이다.

'오늘이 내 남은 날의 첫날임을 기억하자. 오늘 하루가 마지막인 듯이 살아야 한다.'

살다 보면 아름답고 좋은 것만 있는 것은 아니다. 억울하고 슬프고 기가 막힐 일들이 우리에게는 언제든지 생기게 된다. 시간이 지나면 또 다른 겸손을 알게 한다. 고통스러운 순간을 피하고 싶고 마주하고 싶지 않지만 어쩔 수 없이 오고 만다. 하지만 그것을 받아들이는 마음이 우선인 것 같다. 깎아지듯 위험한 절벽에 새 둥지가 있는데 유유히 날아와 엄마 새가 아기 새들에게 모이를 건네주는 장면을 보며 이것이 편안이라고 설명을 들은 적이 있다. 평안은 좋은 환경에서만 주어지는 것이 아니라 위험한 상황일지라도 그 안에서 어떤 마음을 가지느냐에 따라 달라진다는 생각을 해본다.

밥하고 빨래하는 것에 목숨 걸지 마라. 내 삶에서 가장 중요한 것이 무엇인가 먼저 생각해보라. 그리고 그것을 주력해서 하고 밥하고 빨래하고 청소를 해보면 어떨까? 엄마가 밥하고 빨래하라고 주어진 명칭이 아니다. 아무리 영양 좋고 맛있는 밥을 만들어 먹는다 해도 한 끼다. 이것에 부담을 갖고 의무를 다하지 못해 자책하지 말자. 그것에 소질이 없다면 그냥 인정하고 더 잘 할 수 있는 것들에 강점을 찾아내면 된다. 집안일은 정해진 시간 외에 더 이상 메이지 말고 나만의 할 수 있는 시간을 확보하다 보면 생긴다. 그리고 나만의 시간이 만들어진다. 곰곰이 생각해보라 내가 나의 매니저가 되어 어떻게 시간을 만들어 갈 것인지 말이다.

착하게 사는 것은 이제 포기해라

"착한 사람 콤플렉스."

콤플렉스 중 하나로 '착한 아이 증후군'이라 부르기도 한다. 부정적인 감정과 정서들을 감추고 부모나 타인의 기대에 순응하는 '착한 아이'가 되고자 하는 아동의 심리상태를 말한다. 성인이 되어서도 자신의 감정을 솔직하게 표현하지 못하고, 늘 착한 사람이라는 반응을 얻기 위해 자신의 욕구나 바람을 억압하면서 지나치게 애쓴다고 한다. 타인의 판단을 내면화해서 생각한다. '착한 것은 좋은 것이고 착하지 않으면 사랑받을 수 없다.'라고 확신과 공포가 바탕이 되어 내면은 점점 위축된다.

일반적인 사람에게도 생기는 마음이기도 하다. 나도 또한 싫은 소리 하기가 좀 어렵다. 용기 내서 하고 나면 마음이 편하지 않은 것을 느꼈다. 그것이 불편하다는 생각을 하고 나면 내가 좀 손해 보고 덮어버릴 때가 종종 있다. 내 마음 편하려고 시작했던 행동인데 뭔가 우유부단한 사람이 된 것 같다. 물론 다른 사람들에겐 화도 내지 않고 착한 사람이란 이미지로 보이겠지만 나도 그것을 즐기는 것 같았다. 분명 속은 점점 병들어 가고 있다고 느끼지 못하면서 말이다.

별안간 티켓을 받았다. 시 낭송하는 자리인데 머릿속에선 갈 수 없는데 '우선 받아놓고 생각하자' 하면서 웃으며 받아들었다. 그날은 좀 편안하게 쉬고 싶은 날이기도 했다. 분명 오전에 손님이 오고 나면 힘들 걸 뻔히 알면서도 차마 거절하지 못하고 받아서 마음속으로 걱정을 한다. 나 아니면 다른 사람이 갈 수 있는 것을 받아서 다른 사람도 가지 못하게 한 것 아닌지 아님, 못가면 초대한 분이 나를 어떻게 생각할까 참 많은 생각으로 시간이 흘러갔다. 그래서 그 자리에서 거절해야 하는데 하지 못한 그때가 원망스럽기까지 했다. 불편한 마음을 지금까지도 갖고 있으니 말이다. "어쩔 수 없다. 지나간 일, 다음에 만나면 정중히 사과해야겠다."라고 생각했다. 그리고 "그럴 수도 있지 뭐!"라고 생각해 두기로 했다. 별거 아닌 것에는 신경을 조금 덜 쓰고 큰 실수라면 떳떳하게 사과하면 되지 않을까? 다음부터는 부탁을 거절할 때도 타인의 기분에 맞추기보다 '내가 원하는가? 원하지 않는가?'를 우선 생각하는 게 좋겠다.

'거절을 잘 못 하는 이유가 뭘까?'

'남들이 날 뭐로 볼까?'

'이것도 해줄 수 없나?' 하며 좋지 않게 볼까 봐 걱정하게 된다. 하지만 감당할 수 없으면서 무책임하게 약속을 하거나, 많은 일을 맡는 것은 더 보기에 좋지 않다. 거절한다고 해서 나쁜 사람이 되는 것은 결코 아니다. 상대의 평가에 신경 쓰지 않는 태도는 한순간에 생길 수 있는 것이 아니다. '어떻게 하면 거절을 잘 할 수 있을까?', '상대방도 괜찮고 나도 마음이 편할 방법이 없을까?' 생각해보았다.

나의 의견을 표현하는 것을 두려워하지 말자. 내 의견을 지지하며 필요와 경계를 명확하게 정한다. 그리고 정중하게 확실하게 이야기를 한다. '난 착하지 않다'를 머릿속에 새겨두면서 말이다. 다른 관점을 갖는 것은 괜찮고 건전하다. 조그마한 갈등은 또 다른 성장과 새로운 이해로 긍정적인 관계를 유지할 수 있다. 내 생각이 나의 소중한 것을 지키지 않는다면 어느 순간 무너진다. '삶의 주도권을 나 스스로 갖고 있는가?' '나에게 사랑을 주고 있나?' 착함을 인정받고 싶어서 하는 마음에서 벗어나 나의 인생에 더 집중하여 시간을 투자하는 것이 더 소중하다.

프리랜서로 살아가는 과정에서 자기주장이 무엇보다 중요하다. 말 그대로 프리한 시간을 잘 관리하려면 계획을 잘 잡아야 한다. 새로운 시도를 하면서 다양한 경험을 하게 된다. 그래서 자신의 선택이 그만큼 중요해졌다. 우선순위를 잘 정하지 않으면 뒤죽박죽 해져서 체력소모가 많이 생긴다. 예전 같으면 충분히 할 수 있는 일도 요즘은 밤을 새워가면서 하다 보면 회복하는데 일주일은 더 고생한다. 되도록 루틴을 지키는 범위에서 하나씩 추가하는 일정들을 만들면서 체력안배를 해야 한다. 그래야 버틸 수 있다. 하고 싶은 일들이 너무 많아졌다. 다양한 모임에서 배우고 싶은 것들도 많다. 하지만 잘 정리를 해야지, 그렇지 않으면 거절하면서 고개를 숙일 일들이 많아진다.

다른 사람의 감정까지 걱정하지 말자. 상대방의 요구를 정중하게 거절하고 나면 미안하다. 그리고 비난하거나 부정적으로 생각할까 봐 두려워하는 경향이 있다. 슬픔, 실망, 때로는 분노를 느낄 수도 있을 것이다. 이런 복잡한 감정들이 오래 남지 않도록 관리하는 것도 중요하다. 충분하게 시간을 주어 마음이 다시 회복될 수 있도록 한다. 너무 완벽해지려고 생각을 하다 보면 더욱 힘들어질 수 있다. 어떻게 평가를 하든 그것이 무슨 문제인가. 나만 괜찮으면 되지 않겠는가? 시간이 흐르면 저절로 해결되는 것들도 많다. 내가 할 수 있는 범위에서 베풀고 할 수 없을 때는 과감히 거절하는 것이 맞다. 괜스레 어떻게 생각할까에 너무 연연하다 보면 아무 결정을 내릴 수 없다. 내 감정에 솔직해지고 내 마음부터 소중하게 생각하면 된다.

"선행이란 다른 사람들에게 무언가 베푸는 것이 아니라 자신의 의무를 다하는 것이다." 칸트의 말이다.

착하게 사는 것이 정답이 아니다. 아이들 교육에도 착하다는 칭찬만 받으면 다른 사람들로부터 칭찬과 인정을 받기 위해 계속 착하게 굴어야 한다는 압박감을 느낄 수 있다. 이로 인해 자신의 필요를 소홀히 하거나 자신이 원하는 것을 희생하면서 다른 사람에게 지나치게 착하게 행동할 수 있다. 창의적인 행동과 감성, 문제 해결 능력 등 균형 잡힌 노력을 할 수 있도록 해주는 것이 중요하다고 한다. 내가 먼저 하지 못했던 할 수 없었던 행동들을 의식적으로 바꾸어서 해보자. 남의 생각이 중요한 것이 아니라 내 생각에 확신하고 말하고 행동하자. 이제라도 늦지 않았다. 이제 다양한 의견을 제시할 수 있고 거절할 수도 있는 용기를 내자. 다른 사람의 감정까지 너무 걱정하지 말자. 착하게 사는 삶을 과감히 버리고 내 감정에 충실하면 된다. 그렇다고 손가락질 하기까지 나쁘게 살진 않았을 것이 분명하다. 감정에 충실한 삶이 이어질 때 더욱 건강한 마음과 생각이 이어질 것이다. 착하게 사는 것은 이제 포기해라.

만능 엄마는 세상에 없다

"**엄마의** 인생에 사계절이 있다."

자연계에 사계절이 있듯이 엄마의 인생에도 사계절이 있다. 봄은 새로운 시작, 성장, 변화의 시간이다. 열 달 동안 아이를 뱃속에서 품고, 새로운 생명의 탄생을 기다리며 엄마가 되기 위한 시절이다. 여름은 풍요로움, 따뜻함, 에너지의 시간이다. 올망졸망 아이들이 점점 자라나 목표한 교육을 마치는 시절이다. 수고의 열매를 즐기며 뜨거운 태양처럼 열정적으로 성취하며 살아가는 시간이다. 가을은 변화, 전환 및 성찰의 시간이다. 생활의 변화를 급격히 느껴지는 시절이다. 어느

덧 중년이 되어 신체적인 변화를 피부로 느낀다. 장성한 아이들의 독립된 모습에서 자연스레 보호 본능을 가지게 된다. 겨울은 휴식, 성찰, 사색의 시간이다. 노년, 삶의 끝에서 지혜로운 조언을 하며 평화롭기만을 기도하는 시간이다.

봄과 같은 새싹이 돋아나는 설렘이 있던 그 시절, 테스트기의 선명한 두 줄이 나타날 때 어찌나 두근거렸는지 모른다. 극적인 상황을 생각하며 임신 사실을 알렸을 때 그다지 나처럼 좋아하지 않았던 모습에 실망한 기억도 난다. 꼼지락거리며 움직일 때, 한 쪽배만 볼록하게 나와서 쓰다듬어 주며 건강하게 잘 자라주기를 바라고 기다렸던 순간, 드디어 내 품에 안겼다. 혼자가 아닌 두 아이가 나란히 누워있는 모습은 아기 천사들 같았다. 엄마가 자연스럽게 되어 버린 신비로운 광경을 보았다. 나를 통해서 태어난 생명의 경이로움 앞에 감탄이 절로 나왔다. 매일 매일 감당해야 할 현실의 무게는 엄마이기에 가능했다.

큰아이 대학교 기숙사에 보낼 때이다. 깨끗한 이불 세트를 사서 이층침대에 깔아주며 돌아서는데 발길이 떨어지지 않았다. 잠깐 여행은 보낸 적이 있지만, 함께 살지 않고 처음으로 떨어져 살아야 한다는 생각에 미리 걱정되었다. 헤어지고 1층 로비까지 내려갔다가 한걸음에

4층 계단을 올라가서 아이 손을 붙잡고 기도를 했다. 거리상의 한계를 전지전능하신 분의 힘을 빌려서라도 지켜달라는 말을 꼭 하고 싶었기 때문이다. 옆에서 그 모습을 보던 친구가 웃으며 이야기했다고 한다. 아주 절박했던 나와는 상반되게 아이들은 즐거운 여행을 가듯 좋았나 보다. 그때 처음으로 떠나 보내는 연습을 한 것 같다. 걱정한 것 보다 그 이상으로 잘 적응해주어서 얼마나 감사했는지 군대 갈 때는 처음 보단 덜 두려웠다. 하지만 위험이라는 조바심과 먹먹함은 언제나 떠나지 않는 것 같다. 이렇게 엄마의 계절, 여름을 보냈다.

일찍 결혼해서 손해라는 생각을 했다. 다른 친구들은 꿈을 이루며 승승장구할 때 난 어설픈 아이들 엄마로 나를 챙길 시간을 쪼개며 살았다. 이제 중년이 되어 아이들도 경제적으로 독립을 하였다. 완전한 성인은 아니지만, 사회적으로 성인으로 인정받아 혼자 너끈히 살아갈 수 있는 인격체가 되었다. 이때 엄마는 어떤 존재로 보일까? 희생이라는 포장을 하며 아이들의 어깨에 무거운 짐을 주기는 싫다. 아직 나를 돌보며 살기에 충분한 나이이기 때문이다. 내가 나의 보호자가 되어 살아가는 모습을 더 원하지 않을까? 내가 하고 싶은 일들을 자유롭게 하면서 살아가고 있는 엄마를 말이다. 내가 우리 아이들 나이에 엄마를 생각할 틈이 없었다. 엄마는 언제나 든든하게 살아가는 존재로 생각했다. 내가 사는 삶이 바빴다. 하고 싶은 것이 많았기 때문에 가족이라는 울타리에서 부모의 존재는 언제나 든든한 보호자였던 것 같다. 그래서 철이 없다고 이야기하는 것 같다. 엄마가 원하는 것을 생각하며 살았던 것은 아니다. 그래서 나의 아이들에게 지금의 내 존재를 부각하며 효도라는 압력을 주고 싶은 생각은 없다. "내가 너를 어떻게 키웠는데…." 하며 기대하고 바라는 것보단 마음에 맞는 짝을 찾아 아름다운 가정을 이루며 행복했으면 하는 마음이 크다. 엄마의 계절, 가을에 접어들면서 또 하나의 열매를 기다리는 심정으로 살아가게 된다.

나를 낳아준 엄마의 나이 80세에 접어들었다. 중년에 접어들 때부터 엄마가 불편해하는 건강 증상들이 내가 느끼는 통증이랑 비슷해지면서 알았다. "나도 곧 엄마처럼 되겠구나." 부쩍 멀리 여행을 가는 것이 힘들어 보였다. 돌아다니면서 즐거움도 잠시 피곤해하기 때문에 엄두조차 내지 않는 것 같다. 엄마의 계절로 보면 겨울이 아닌가 싶다. 엄마랑 이야기하면 기분이 좋아진다. 나를 많이 알고 있는 엄마이기 때문에 밑바탕에 잘 되었으면 하는 마음이 깔려있다. 그래서 말하면서 위안이 된다. 집에 가면 쉴 틈도 없이 계속 먹을 것을 가져오신다. 하나라도 더 먹이고 싶은 엄마의 마음일 것이다. 큰 딸이지만 아직 어린 자식으로 보일 것 같은 생각이 든다. 지혜롭고 부지런하고 남에게 베풀며 살았던 엄마의 모습을 뒷꿈치만큼 닮았으면 좋겠다는 생각을 해본다. 내가 엄마처럼 나이 들었을 때 내 자식들도 그렇게 봐주었으면 좋겠다.

완벽하게 잘 해줄 수 있는 부모는 없다. 내가 할 수 있는 범위에서 최선을 다할 뿐이다. 보통의 평범한 삶이 언제나 위대해 보이니까 그것이 엄마가 해줄 수 있는 최선이다. 보통의 힘 엄마의 계절을 하나하나 곱씹어 살아내는 과정에서 더 위대하다고 생각해본다. 어떤 일이든 척척 잘 해내는 것 같이 보이지만 그것을 이루기 위해 얼마나 많은 고민과 고통을 감수해야 하는지 그것은 아무도 모른다. 살아내야지만 그 고통 속에서 느껴야지만 이해되고 알 수가 있다. 아직 남은 엄마의 계절을 어떻게 살아갈 것인가만 남은 숙제가 된다. 봄, 여름이 지나 가을을 잘 마무리하고 겨울을 맞이할 때 나는 어떤 엄마가 될 것인가. 지금부터 준비하지 않으면 서서히 변하는 시간을 느끼기도 전에 모두 사라질 것 같다. 참 빠르게 지나간다.

"만능 엄마"는 일반적으로 여러 가지 일을 다양하게 해내는 엄마를 뜻한다. 모든 엄마가 모든 것을 완벽하게 해내는 것은 불가능하다. 마음은 할 수 있을 것 같지만 뜻대로 되지 않는다. 그때마다 자괴감에 빠진다. 건강, 교육, 가사, 재정 등 다양한 면에서의 관리와 돌봄을 맡고 있다. 일상생활을 쉽게 이끌어 나갈 수 있도록 돕는다. 만능 엄마는 긍정적인 표현이다. 하지만 벅차게 느껴진다. 엄마의 능력과 열정을 칭찬하기 위한 말일 수 있다. 엄마라는 말도 위대한데 만능이란 표현은 더 부담스럽다. 하지만 만능 엄마가 되기 위해서 자기관리가 필요하다. 생활을 계획적으로 관리하고, 건강한 식습관과 충분한 운동을 통해 체력을 유지하면서 건강에 신경을 써야 한다. 자기관리에서 무엇보다 스트레스와 감정을 잘 관리해야 한다. 자신을 돌봐줄 수 없다면, 아이들을 돌봐줄 수도 없다. 너무 스스로 무리하지 않는 범위에서 자신이 할 수 있는 일을 지속해서 발전해나가는 것이 중요하다. 만능 엄마는 이 세상에 없다. 엄마도 사람이다. 기계처럼 아무 감정 없이 일만 하는 로봇이 아니다. 그저 끊임없이 배우고 노력할 뿐이다. 아이들을 사랑하고, 최선을 다해 돌봐주고 있지만, 모든 일을 완벽하게 처리할 수는 없다. 엄마도 사람이기 때문에 실수하기도 하며, 모든 상황에서 적절한 판단을 내리기가 쉽지 않다. 그때마다 모든 일이 완벽하게 되지 않아도 괜찮다고 토닥여주자. 엄마가 행복하고 건강하면 충분히 모두가 행복할 수 있다고 믿는다.

엄마가 진짜 찾아야 할 것들

"삶을 살면서 가장 중요한 것이 무엇이라고 생각하세요?"

누군가 질문한다면 무엇이라 답을 할 것인가? 보통 시간, 돈, 관계 등 무엇인가 살면서 실질적으로 필요한 것들이 금방 떠오른다. 곰곰이 생각해봤을 때 그래도 가장 중요한 것은 '행복'이 아닐까 생각한다. 목표한 것을 이루고, 많은 것을 가지고 있다 하더라도 만족하고 행복하지 않으면 아무 소용이 없을 것 같다. 행복은 아주 주관적으로 느끼는 감정이다. 행복하려면 어떻게 살아야 할 것인지 찾아내는 것이 중요할 것이다.

우연히 본 TV 프로그램에서 21년 동안 침상에 누워있는 남편을 지극정성으로 돌보는 아내의 모습을 보았다. 뇌를 많이 다친 남편의 손발이 되어주는 모습을 보면서 얼마나 힘들까? 하는 생각이 저절로 들었다. 꼼짝할 수 없는 상황에서 음식을 먹기 좋게 만들어 숟가락으로 떠먹여 주면서 "맛있어? 기분이 좋아 보이네." 하며 환하게 웃는다. 그럼, 말 못 하는 남편은 연신 꿀떡꿀떡 음식을 먹는 모습에 가장 어려운 환경에서도 느낄 수 있는 행복이란 저런 것이 아닐까 하는 생각이 들었다. 스스로 일어나 걸을 수 없지만 발을 디뎌주면서 온몸의 무게를 덜어줄 수 있을 것 같은 희망으로 재활 운동을 한다. 작은 희망으로 하루하루를 버티면서 작은 행복에 감사하는 모습이었다. 남의 안타까운 모습을 보며 이상하게 감사하고 고마운 마음이 들었다.

내가 살면서 행복을 적극적으로 만드는 습관이 필요하다고 생각한다. 행복의 기준은 다르다. 객관적인 기준으로 명확하게 구분할 수 없다. 자신의 잣대로 스스로 삶을 바라보며 행복의 기준을 말할 수 있다.

웃음의 요소를 찾아라. 힘든 일이 있을 때 그 사실에 몰입하다 보면 더 우울하고 힘들 때가 있다. 그래서 더 해결하기 어렵고 해결할 힘도 생기지 않는다. 그것이 오래되면 무기력하게 되어버린다. 그때 생각을 잊기 위해 밖으로 나간다. 하늘을 보며 걷고 또 걸어가다 보면 복잡했던 마음이 조금 뻥 뚫리는 기분이 든다. 그러다 나무 사이에 작은 꽃을 보고 있노라면 어려운 상황에서 힘겹게 살아내서 고운 빛깔을 내는 어여쁜 꽃의 대견함에 한번 작은 미소가 번진다. 작은 꽃이 살아내는 방식에 '그래 나도 너처럼 살아볼게' 하며 작은 용기를 얻는다. 넉넉하고 여유 있는 삶이 아니지만 아주 작은 요소가 내가 살아가는 윤활유가 될 수 있다는 것에 감사하게 된다.

소박하고 자잘한 기쁨, 긍정적인 감정과 생각은 긍정적인 결과를 만든다. 긍정적인 결과를 만드는 믿음이 긍정적 가치를 얻어낼 수 있다. 웃음은 박장대소하며 깔깔거리는 소리일 수도 있지만 내 눈, 내 마음이 한 꺼풀 희미했던 막을 벗겨지는 것 같다. 재미있는 강연을 듣거나, 드라마를 보거나, 책의 한 줄이 주는 문구에서, 맛있는 음식을 먹으며, 사랑스러운 음악을 듣는다는지, 얼마든지 소소한 웃음을 되찾는 방법을 의도적으로 만들어 보면 좋겠다.

새로운 것을 찾아라. 학창 시절 집, 학교, 교회 범위에서 익숙한 일상을 살아갔다. 그리고 성인이 되고 집, 회사, 교회라는 일상에 물들여 갔다. 특별한 일로 어색한 만남이 때론 피곤하고 힘들었다. 매일 하던 일을 하면서 보내는 것이 편했다. 그냥 내가 있는 곳에서 성실하게 최선을 다한다는 것이 편하게 느껴졌다. 그래서 능동적인 삶이 아니라 수동적인 주어진 일에서 최선을 다하게 된다. 내가 좋아하고 잘하는 것이 무엇인지 알지 못한 채 주어진 상황과 환경에 반복해서 살아갔다. 하지만 삶을 살아가는 주체가 나라는 사실을 인식한 후부터는 우선순위에서 저 멀리 있었던 내가 제일 1순위로 놓이기 시작하면서 달라졌다. 매번 똑같은 길을 가지만 이번에는 다른 골목길도 걸어갈 호기심이 생겼고 누군가와 함께 가서 봐야 할 것 같은 영화관에도 혼자 찾아가서 보는 경험들을 일부러 한다. 함께 해야 가능하다고 생각했던 일들을 내가 원하면 혼자라도 하자라는 마음으로 시작하는 일들이 하나씩 늘어갔다. 매번 같은 일도 다른 방식으로 시도해 보고 매번 새롭게 살아가기 위한 내가 할 수 있는 아이디어를 만들어 갔다. 매번 다르게 오는 하루를 새롭게 보내기 위해 마음의 자세를 다르게 한다. 새로운 일, 새로운 사람, 새로운 모임을 두려워하지 말자. 다 똑같은 사람들이다. 그곳에서 나의 존재를 발견하고 내가 할 수 있는 일을 찾아내서 함께 어울리다 보면, 자신을 성장시키는 좋은 길을 만나게 된다. 배우는 것을 멈추지 말자. 삶을 살아가면서 끊임없이 성장하고 발전하는 것이 중요하다.

자신에게 솔직해지자. 미세하게 흐르는 감정의 기복에 민감할 필요가 있다. 그냥 덮어놓고 "좋은 게 좋은 거잖아" 쉽게 넘기지 말고 아이 달래듯 생각의 소리에 귀를 기울인다. 지금이래서 힘들겠구나! 지금이래서 행복하겠구나! 구겨진 옷감을 서서히 펴가듯이 세세하게 만져

주면 좋겠다. 누군가가 알아주기를 바란다는 것은 너무나 에너지 소비가 있다. 그럼에도 불구하고 몰라주고 넘긴다면 알지 못하는 상처가 되지 않을까 그래서 내가 나에게 솔직해지면 좋겠다. 현재 느끼는 감정에 대해 인정하고 감싸주는 것이다. 나조차 몰라주면 아무도 모른다. 기쁘면 소리라도 질러보자 그리고 "와 드디어 해냈구나! 넌 역시 할 수 있었어 최고!"라고 환호해보자 무슨 일이 잘 안 되었을 때 실망한 나에게 용기를 주는 것도 내 몫이다. "어쩔 수 없는 상황이잖아. 스스로 너무 자책하지 마! 그 정도까지 최선을 디했으면 다음에 또 좋은 기회가 올 거야." 하며 토닥토닥해준다. 그리고 긴 한숨을 내 쉬어 보는 거다.

과거에 잘못했던 일들을 생각하며 후회한다. 미래를 준비하려고 현재에 너무 많이 애를 쓰고 쉴 틈 없이 그냥 달리기만 한다. '지금 이 순간' 나는 행복한가? 반성하고 설계하고 실행하고 누구를 위한 전진인가? 가족을 위해 많이 벌어보려고 노력하는 순간순간에 탈진하듯 또 한걸음 걷기 위해 아무 목표도 없는 길을 걸어가는 내가 너무 가엽지 않은가? 한번 돌이켜 생각하면 지금 이 순간에 행복하면 잘 못 사는 느낌이었다. '나중에 지금보다 더 잘되면 행복할 거야.' 하면서 말이다. 충분히 즐길 수 있는 여유가 있어야 행복해지겠다는 막연함이 있다. 가지마다 새롭게 움트는 그 시작을 알아채기도 전에 우거진 숲을 보며 나는 언제나 저 큰 나무가 될까를 생각했다. 지금 이 시작이 더 찬란하다는 생각을 미처 못했다. 누구나 처음 시작이 있었다는 것을 잊고 있다. 조금 더 자신을 돌아보고 지금도 괜찮아하며 토닥여주면서 익숙한 것에 너무 길들여있지 말고 새로운 것을 도전해보자. 분명 내가 할 수 있는 일들은 너무 많다. 할 수 있는 일들이 나를 웃게 해 줄 것이다. 과거에 두고 온 나에게 미안해하지 말고 미래를 만들어 가는 과정에서 너무 빠르게 가려고 애쓰지 말고 한발 두발 내가 할 수 있는 속도로 즐기면서 가보는 거다. 웃을 수 있어서 웃는 것이 아니고 웃으니까 웃어지는 거다. 행복, 지금 이 순간부터이다. 엄마도 사람이다. 엄마가 진짜 찾아야 할 것들을 잡고 걸어가 보자!

엄마의 책상, 엄마의 꿈

"**나는** 시조새이다."

514챌린지에 참석했다. 자기계발로 유명한 김미경 강사가 진행하는 새벽 5시에 기상해서 14일 동안 강연 듣고 자신이 수행하고 싶은 미션을 완수하는 프로그램이다. 이것을 1년 동안 하루도 빠지지 않고 이루어냈다. 그래서 '시조새'라고 부른다. 새벽 5시에 기상하기 위해 일찍 자고 일찍 일어나는 습관이 생겼고 나와의 싸움에서 이길 수 있어서 나만의 자긍심이 느껴지는 프로그램이었다. 회사 갔다 와서 집에 오면 쉬어야 하는 것으로 여겨졌던 일상이 변화하게 되었다. 집에서 유튜브로 강의 듣고 나만의 미션을 수행하기 위한 공간이 필요했다. 식탁에서 잠시 앉아 책을 읽고 고정된 나의 공간이 아닌 규칙적인 활동을 하려는 나만의 공간이 필요하다는 생각을 했다. 아침 1시간 반의 시간은 오로지 나를 위한 시간이었다. 그래서 나만의 공간을 만들었다. 방 3개에는 아이들이 모두 사용하고 있으므로 거실 구석에 나만의 책상을 만들었다. 최대한의 안락한 분위기를 만들기 위해 단순하면서 집중이 잘 될 수 있는 방향과 책을 가까이에서 접할 수 있도록 만들었다. 나만의 공간에 앉아 있으면 어쩐지 집중이 잘 되었다.

"나는 작가이다."

엄마의 책상에 앉아 있는 내가 변했다. 우연히 알게 된 필사 그룹에 가입해서 '남의 글을 쓰든 나의 글을 쓰든' 매일 똑같은 책상에 앉아서 글쓰기를 한다. 처음에는 작가라고 불릴 때 어색하고 힘들었다. 그만큼의 경력이 없는 사람이기에 남의 옷을 입고 있는 느낌이었다. 하지만 지금은 다수의 책을 쓰고 있는 작가가 되어가고 있다. 버킷리스트에 적어두었던 막연했던 꿈이 작가였다. 그래서 책 쓰기 강의를 여러 번 듣고도 막연했다. 어디서 어떻게 해야 할지 막막했다. 하지만 현실에서 매일 나는 나만의 책상에 앉아서 글을 쓰고 있다. 꾸준하게 써가고 있는 모습에서 나는 작가라는 자신감이 생기고 있다. 몸으로 익히고 있다. 글쓰기에 필요한 나만의 잔근육을 만들고 있다. 나만의 책상에 앉아서 매일 쓴다. 잘 쓰든 못 쓰든 나만의 생각을 끄집어내고 정리를 해가는 과정이 쌓이고 쌓이면서 변화하기 시작했다. 더 생산적이고 효율적인 것에 시간을 보내게 된다. 책을 쓰기 위해서 책을 읽어야 한다. 한꺼번에 읽기보단 조금씩 나누어서 읽게 되면 책 한 권이 어느새 읽어지게 된다. 조금씩 이루어가는 모든 경험은 나만의 공간이 있기에 가능하다. 식구들도 처음에는 동선이나 어수선한 거실 분위기가 어색하게 느껴졌지만 내가 하는 모든 행동이 진심이고 하루가 아닌 매일 그곳에 앉아 있는 내 모습을 당연하게 생각한다.

내가 글을 쓰고 있는 시간은 새벽 시간을 선택한다. 아무도 일어나지 않은 시간에 나만의 시간을 보낸다. 그럼 방해하는 요소가 줄어드니 집중이 잘 된다. 나만의 시간 속에 깊이 빠지고 나면 어느새 글이 완성된다. 막연했던 소망이 현실에서 하나하나 이루어가는 모습을 상상하며 만들어 간다. 머리로 생각만 했던 것을 몸으로 익히며 소망을 이루어가는 것 같다.

빠르게 지나가는 시간에 의미를 만든다. 지키려 노력한다. 이 모든 것이 나만의 공간이 있어 가능하다. 노트북을 여는 순간부터 기대가 생긴다. 오늘은 어떤 글을 쓸까 내가 살아온 경험들이 어떤 의미로 내게 비추어질까 다른 관점으로 바라보고 정리하는 시간에서 나는 성장하고 있다.

"나는 훌라댄스 강사이다."

내 책상이 거실에 놓여있기 때문에 좋은 점은 거실이 나의 연습실이 된다. 책상에 앉아서 준비된 노트에 노래 가사를 적는다. 보통 훌라댄스 노래는 영어나 하와이어이다. 그래서 그것의 해석과 의미를 잘 적어두지 않으면 어렵다. 한 문장 적고 해석을 적어넣는다. 그리고 한 문단씩 관련된 손동작 발동작을 체크한다. 이 모든 과정이 엄마의 책상에서 이루어진다. 특별히 영감이 있어 창작할 때도 마찬가지이다. 책상 옆에 전신거울이 있다. 한 문장씩 동작을 완성하면 귀에 이어폰을 꽂고 나만의 동작을 무한 반복하면서 연습한다. 보통 오후에 이루어진다. 누군가를 가르칠 때는 설명을 충분히 하지 않으면 어설픈 동작이 나온다. 그래서 내가 이해하는 동작을 쉽게 설명해주어야지만 정해진 시간에 빠른 습득이 가능하다. 그리 넓지 않은 공간에서 연습하다 보면 지나가는 식구들의 몸에 걸리고 나를 피해서 지나간다. 처음에는 어색했다. 나 혼자 춤을 추고 있는 모습을 보여주고 있기 때문이다. 나는 음악 소리가 들리지만, 식구들은 아무런 소리가 없는 상태에서 엄마가 이리 가고 저리 가고 춤을 추고 있는 모습이 어찌 생각하면 우습게 느껴질 것 같다. 하지만 너무 행복한 순간이기에 나의 시간을 누구의 시선 때문에 빼앗길 수 없다. 부드럽게 이어져가면서 한 곡이 완성될 때의 기분은 날아갈 것 같다. 그리고 회원들에게 감동을 전해 주고 나면 나의 기쁨은 배가 된다.

나만의 책상에서 만들어 가는 새로운 기분들이 감사하다. 아주 아담하고 그리 넓지 않은 공간이지만 내 공간이 있기에 내가 나를 완성해 갈 수 있다고 생각한다. 지금은 아주 작은 애벌레로 꿈틀거리며 무언가 만들어 가는 과정이다. 끊임없이 움직이며 발버둥을 칠 수 있는 공간이 필요하다. 엉덩이 붙여 앉아 있을 수 있는 의자 하나, 책상 하나가 나를 먼 미래로 가게 한다. 내가 꿈꾸던 것에 한 발짝 더 가까이 갈 수 있도록 인도한다. 가장 가까이에서 나를 응원해주며 힘과 용기를 만들어내는 창작소이다. 언젠가 훨훨 날아갈 그 날을 위해 날개의 축축한 물기를 말리는 중이다.

엄마의 책상은 반드시 필요하다. 그곳에서 나의 존재를 발견할 수 있기 때문이다. 나만의 공간에서 꿈을 키워갈 수 있다. 공부를 더 잘하게 하려고, 일을 더 잘할 수 있도록 환경을 만들고 시작하지 않는가? 집에서 엄마의 자리는 과연 어디인가 나만의 꿈을 꾸기 위한 공간이 없다면 허송세월 지나가는 시간을 막을 수 없다. 주방 앞, 텔레비전 앞에서 벗어나 변화하는 시대에 발맞추어 배워야 한다. 그러기 위해서 꾸준히 할 수 있는 엄마의 책상이 필요하다. 앉아서 책을 읽거나 배울 수 있는 연구하는 공간이 필요하다. 자신의 커리어를 발견하고 키워갈 수 있는 나만의 공간을 만들어 소박한 꿈을 키워갈 수 있다. 이제는 더 이상 양보하지 말자. 우선순위에서 밀리지 말자. 하나라도 더 자신의 행복을 위해 투자해보자. 그리 비싸지 않은 책상이 얼마나 많은지 모른다. 주위의 시선에 너무 신경 쓰지 말고 내가 용기 내어서 하다 보면 어느새 분명히 인정해줄 때가 있다. 내가 좋아서 하는 일에 남의 왈가왈부하는 소리에 귀 기울이지 말고 그냥 만들어 가면 된다. 하고 싶은 것을 찾아서 이제 나만의 공간에서 만들어 간다. 당장 수억을 벌어다 줄 일들은 아니다. 내가 하는 일의 가치를 생각한다면 수억과도 바꿀 수 없을 것 같다. 좋아서 하는 일에 네게 다가온 보람과 기쁨은 얼마를 지불해도 살 수 없기 때문이다. 나를 만들어 가는 나를 들어 올리는 시작은 생각을 펼칠 수 있는 공간의 힘이 크다고 생각한다. 오직 나자신을 위한 공간, 엄마의 책상을 만들어 보자.

진짜 돌보아야 할 것은 엄마 자신

내가 '나'라는 존재를 의식하게 된 때가 있었다. 인성교육 자격증 과정 수업 중이다. 한 강사님이 얼굴만 한 큰 거울을 하나씩 주면서 거울 안에 있는 자신의 얼굴을 바라보라고 했다. 한 20명쯤 앉아 있는 강의실에서 한 명씩 자신에게 하고 싶은 말을 하라고 했다. 한 사람씩 돌아가며 "수고했다." "사랑한다."라는 표현들이 너무도 좋았다. 그러던 중 내 차례가 왔다.

"경부야!" 하고 내 이름을 불렀다. 그때 갑자기 너무도 초라하고 너무도 나이가 들어있는 누군가 돌보지 않아 슬퍼하고 있는 얼굴이 보였다. 울음을 터트렸다. 더 이상 이야기를 할 수 없을 정도로 꺽꺽 울기 시작했다. 그리고 사랑하고 고생했다는 표현으로 마무리를 했던 기억이 난다. 오랫동안 나를 내버려 둔 사실을 알게 된 순간이었다. 누군가의 나는 최선을 다해 잘하려고 노력해왔지만 정작 나를 돌보지 않아 점점 희미해져만 갔다. 주어진 역할에 헌신하는 것이 당연히 내가 사는 삶이라고 굳게 믿고 나를 다그치며 억척같이 살아내고 있었다. 삶의 끝자락에서 용기 내어 내가 우선인 삶으로 바라보는 중요한 시점이 되었다.

"왜 나를 볼 수 없었을까?"

수없이 많은 시간 거울을 봤음에도 나를 보지 못했다. 오래도록 함께 숨 쉬고 함께 다녔지만, 타인을 위한 시선에서 나라는 존재로 바라볼 때 보였다. 실체를 주목해서 바라보기 시작했을 때 겉모습은 멀쩡하지만 방치되어 외로워하는 나를 사랑의 눈으로 바라본다. 뭐라도 해주어야 할 것 같은 나에게 위로하는 말을 한다. "미안해" 그리고 "괜찮아." "넌 정말 소중해."라는 말로 눈빛으로 바라보는 일상이 시작된다.

아침에 일어나서 하는 루틴이 생겼다. 화장실 전신거울에서 나에게 인사한다. 환한 미소를 보내면 그에 따른 화답을 하듯 엄지 척 내밀며 오늘의 에너지를 마음껏 보낸다. 내가 오늘도 보고 있다는 강력한 메시지이다. 주목해서 본다는 것은 중요한 것 같다. 나를 살핀다. "괜찮아?"하며 오늘의 상태를 점검하듯 본다. "어제 힘들었을 텐데 오늘 일찍 일어났네" 하며 토닥인다. 새로운 도전 앞에 "할 수 있어!" 하며 힘을 보탠다. 나에게 보내는 강력한 메시지 덕분인가 건강한 웃음을 되찾아 갔다. 누군가에게 척하는 미소가 아닌 솔직한 내가 나에게 보내는 웃음이다. 있는 그대로 인정해주고 받아들인다. 할 수 없어서 안달 내고 조바심에 가득 찬 시선으로 그것도 못해 하며 위축된 시선으로 바라보는 것은 나에게 최소한의 모습이다.

내가 바라보는 시선은 언제나 과거에 못 했던 현상이 아닌 앞으로 살아내야 할 현재와 미래가 있기에 희망과 미래가 함께 공존한다. 당당히 신비로운 하루를 살아갈 주인공인 나에게 응원을 보내는 것은 정말 당연하다. 다른 사람들이 칭찬을 해주기를 바라는 마음에 더 열심히 성실히 인정받기 위해 살아간다. 잔인한 평가에 놓여 있는 나의 처참한 모습을 오래도록 기억하고 있다. 다시 해볼 수 있는 용기를 억지로 짜내듯 일어선다. 그것이 당연하다고 생각했다. 하지만 다른 사람의 시선보단 내가 나에게 보내는 시선을 난 좋아한다.

"네가 그렇게 힘들었는데 내가 몰랐네."

나에게 보내는 공감 때문에 자유롭다. 내가 힘들어하는 이유는 내가 아니면 다른 사람은 완전히 알 수 없다. 말을 하거나 표현하지 않으면 감정까지 세세하게 알아내기가 힘들다. 하지만 난 말하지 않아도 안다. 몸이 힘든지, 마음이 힘든지 나에게 간단한 처방을 해줄 수 있다. 상황이 허락하는 한 몸이 힘들면 잠을 자거나 푹 쉬어 갈 수 있도록 해준다. 예전 같으면 그냥 무시하고 참아내며 다들 힘들게 살아간다며 이를 악물고 버텼다. 왜냐하면, 해야 하는 일이 쌓여있기 때문에 내가 할 수밖에 없다고 생각했다. 하지만 일도 분담하면 얼마든지 해결할 수 있는데 모든 것을 떠안듯 전전긍긍했다. 일의 우선순위를 결정하며 지혜롭게 처리하는 능력도 아주 중요하다. 몸과 마음은 어쩜 하나로 작용한다. 피곤이 쌓이면 마음도 지쳐간다. 적당한 휴식과 영양 보충은 언제나 지켜야 한다.

"웃어요~ 당당하세요~"

수련회에서 복화술 강사가 한 손에 인형 하나를 들고 이야기를 한다. 인형의 이름은 '호통 여사'라고 한다. 거침없이 이야기하며 호통을 친다. 마치 인형이 이야기하는 것 같다.

"여러분, 저는 인형이에요 인형도 당당한데 여러분은 왜 그래요 사람이잖아요!!! 좀 웃어요. 좀 당당 해보라고요. 알았어요?" "당당해 ~~~" 고래고래 소리를 지르는데 눈물이 앞을 가렸다. 또 웃었다. 인형이 뭐라고 호통치는 말 하나하나가 모두 맞는 말이었다. 스스로가 해결해가야 할 문제다. 누가 당당해! 하라고 해서 만들어지는 것이 아닌 스스로 선택해야 한다. 스스로 선택할 힘은 공감이다. 내가 나를 또렷하게 비추어보고 나를 다정하게 대해준다. 거부감 느끼지 않도록 서서히 아름답게 믿어준다. 당당할 수 있는 주체는 내가 된다. 방향을 되찾아 주고 목표를 정해주면서 내가 행동하는 자체에 힘을 실어준다. 좋아 보이는 외형의 상태에 따른 지지와 격려가 전부가 아니다. 존재 자체에 주목한다. 내가 나를 주목할 때 당당해진다. 나의 존재가 보배롭고 존귀한 사람이라는 것을 공감하고 인정한다. 내가 하는 일은 의미가 있고 가치가 있는 것임을 말이다.

꼼짝없이 아이에게 시간을 내어줄 수밖에 없는 상황이라면 기쁘게 즐겁게 몰입해야 한다. 아이와의 시간은 그 시간이 지나면 절대로 다시 올 수 없다. 내 시간의 대부분이 회사에 있다면 더욱 내가 할 수 있는 일을 찾아 최선을 다할 때 보람이 생길 것이다. 어떤 상황과 위치에서 자랑스럽게 해내는 내가 있어 얼마나 감사한가 무엇하나 누구 하나 하찮은 것은 없다. 들에 피어있는 들꽃도 언제 피고 질지 모르지만, 이 땅에 태어나 피어야 할 운명을 그대로 자랑하듯 피고 진다. 시간이 지나가면서 아깝다고 생각한다. 이것만 아니면 더 효율적으로 쓸 수 있을 텐데 하며 후회를 참 많이 했다. 나의 발목을 잡은 것이 내가 정리할 수 있는 것이라면 과감히 버릴 수 있겠지만 그렇지 않다면 주어진 상황에서 최선으로 행복해지는 것에 초점을 맞추면 좋겠다.

진짜 돌보아야 할 것은 나 자신이다. 엄마라는 이름은 단수가 아닌 복수 같다. 감당해야 할 많은 일이 쌓여있는 느낌이다. 마음 아프게 후회하는 삶이 아니라 감사하자. 엄마이기 전에 나라는 존재가 얼마나 위대한지 증명해보자. 절대 포기하지 말고 바라보는 것부터 하면 좋겠다. 내가 어디를 바라보고 싶은지 어디를 향해 걸어가고 있는지 미래의 희망과 꿈을 꾸면서 말이다. 전혀 할 수 없는 상황이라도 아주 소박하게 시작하자. 나만의 비밀 하나쯤은 간직하고 있으면 좋겠다. 내가 나를 돌보는 방법을 말이다. 엄마도 사람이다. 다양한 사람들에게 나누어준 시간을 후회하지 말고 감사하자. 아름다운 꽃을 피워내고 값진 열매들이 어쩜 더 소중하고 내가 이 땅에 태어난 이유를 발견할 수 있으니 말이다. 보배롭고 존귀한 나를 한번 꼭 안아주면서 일어서서 당당히 웃으며 걸어가자.

Chapter 2

도전에
주저하지 마라

노력도 방향이 필요하다

코로나가 한창일 때 모여서 춤을 출 수가 없었다. 집단감염이 염려되어 방역 차원의 조치였다. 한동안 집에서 혼자 지내야 했다. 사람들은 원래 정서적으로 서로 커뮤니티를 하며 지내야 한다. 하지만 전 세계적인 팬데믹 상태이기 때문에 모두가 같은 어려움을 겪고 있었다. 처음 경험하는 광경에 세상이 마치 끝나버리는 느낌마저 들었다. 사람들은 방구석에서 할 수 있는 일을 찾기 시작했다. 무료한 시간을 그냥 보내기는 힘들었다. 그래서 사람들이 스스로 서로 창의적인 생각을 공유했다. 무료하지 않은 일상을 위해서 나도 집에서 춤을 추어야겠다고 생각했다. 한동안 풀리지 않을 방역 조치로 아무것도 할 수 없으면 내 손해이니까 꾸준하게 할 방법을 찾아야 했다. 그것이 유튜브였다. 기도하는 마음으로 한 곡을 선택하고 그것을 창작해서 연습하고 한 달에 한 번 올려야겠다는 목표를 정했다. 막막한 창작의 세계, 노래를 듣고 또 듣고 그 속에 담긴 가사의 의미를 묵상했다. 단순한 표현도 부드럽게 연결이 될 수 있도록 마음을 담아 한 동작 한 동작 완성해갔다. 그리고 잊어버릴까 봐 영상을 담아 기억하고 연습하고 그것을 반복했다. 나의 즐거움은 오직 훌라댄스에 몰입하는 것이 되었다. 우울하고 답답한 소식은 여전히 들렸다. 내가 어찌 할 수 없는 죄악의 상황들은 뉴스에서 연신 들려오는 소식뿐이었다. '방구석 훌라댄스'라는 타이틀로 한 곡 두 곡 점점 늘어나 10개 이상의 곡들이 쌓이기 시작했다. 어떤 장소의 구석이든 내가 촬영할 수 있는 공간이 되었다. 촬영을 준비하는 시간은 너무 행복했다. 예쁜 의상, 머리핀, 다양한 소품들을 이리저리 잘 어울릴 수 있도록 연출을 하면 동작들을 더 아름답게 도와줄 수 있어서 다행이고 입가에 미소가 지어지는 순간이었다. 연습으로 끝나지 않고 어떤 결과물을 남기고 유튜브라는 매체를 통해 나 아닌 다른 사람들과 소통이 되는 신비로운 체험을 했다. 지금 내가 창작을 그때처럼 할 수 있을까 생각이 든다. 그땐 해야겠다고 마음을 먹고 했다. 누가 시켜서 한 것도 아니고 내가 해야겠다는 마음을 먹고 시작했다. 단 유튜브에 한 달에 한 번 올려야겠다는 결심을 실행했을 뿐이다. 내가 나와 약속한 것을 지켰다. 그것의 결과는 고스란히 작품이 남아서 보고 있다는 사실이다. 그때 망연자실하고 아무것도 하지 않았다면 무료한 시간을 그냥 보낼 수밖에 없었다. 아무것도 할 수 없었기 때문이다. 모여서 훌라댄스도 할 수 없어 점점 몸은 굳어갈 수밖에 없었다. 하지만 영상을 찍어야겠기에 연습을 반복해서 하고 또 했다. 자연적으로 내 실력은 늘어갈 수밖에 없었던 구조를 만들었던 것에 노력이라는 동사로 다행히 움직였다.

20년 직장생활을 정리하고 퇴사하니 갑자기 많은 시간이 주어졌다. 나에게 남아도는 시간을 어찌해야 하나 그대로 내버려 뒀다가는 점점 게을러지고 무료해질 것 같았다. 그래서 작가가 되기로 마음을 먹었다. 글을 쓰기로 말이다. 책상에 앉아서 글을 쓰면 다 끝날 것 같지만 글에 담긴 이야기들이 꾸준히 생각하고 만들어야 한다. 그래서 개인 저서를 쓰겠다는 결심과 함께 책의 제목과 목차를 만들었다. 노력하기 위해서 내가 할 수밖에 없는 틀을 만들어 놓았다. 머릿속에 이미 책을 완성한 내 모습을 만들어 놓고 실천을 한다. 책을 써보기로 마음먹으면 우선 방해요소가 있다.

'네가 무슨 작가야!'

'너의 글을 누가 읽기나 한데?'

마음속의 속삭이는 소리가 나를 주눅 들게 만든다. 그럼 하얀 종이에 타자를 치며 글을 적어야 하는 순간에 멈추어진다. 아무 부질없는 행동을 하는 것 같은 착각을 하게 된다. 하지만 폴더에 담겨있는 내가 하나씩 하나씩 써 내려 간 원고를 보면서 느꼈다.

'아니, 한 명의 독자라도 내 글을 읽어주면 돼.'

'난 반드시 책을 쓸 거야.'

그리고 내 글이 쓰레기가 돼버린다고 해도 나는 글을 쓰는 행위를 멈출 수가 없었다. 하루의 시작, 아무도 깨어있지 않은 시간에 나만의 글을 쓰고 있으면 얼마나 행복하고 뿌듯한지 모른다.

'어어! 쓰니까 되네'

결국, 나와의 약속은 지켜지고 다 완성될 때쯤은 책 한 권이 나의 품으로 들어올 것만 같았다. 내가 노력해야 할 이유를 분명히 알고 행동을 하면 지켜지는 확률이 높아진다.

'누가 알아주기나 하니?'

'책을 쓰면 돈이 나오니?'

하며 내 마음속의 방해꾼이 자꾸 질문하면 이겨야 한다. 내 노력이 헛되지 않다는 것을 증명하기 위해 나는 글을 쓴다. 하지만 억지로 하지 않는다. 충분히 글을 쓰면서 더 단단해지는 것을 느낀다. 글을 쓰기 위해 책을 읽고 다양한 도전을 서슴지 않고 해가는 적극적인 생활이 만들어지고 있다.

　첫 번째 개인 저서 〈나는 훌라댄스 강사입니다〉를 출간하고 미니 강연을 요청받았다. 어떻게 책을 쓰게 되었는지 궁금한 모양이다. 평소 강연과 책을 통해 서로 배우고 토론하는 자유로운 모임이다. 무슨 이야기를 할까 곰곰이 생각했다. 내게 떠오른 단어는 '필사'였다. 책을 쓰게 된 동기도 내 글이든 남의 글이든 무조건 베껴쓰기로 시작했다. 하루 2시간의 달콤한 첫 시간에 무조건 책상에 앉는다. 퇴사 후 알게 된 기가 막힌 삶의 혁신 바람을 일으키는 이 방법이 없었다면 나는 결코 글을 쓰지 못했을지 모른다. 무작정 베껴쓴다. 글을 쓰는 행위가 마치 나의 행동인양 자연스레 느껴진다. 누군가의 글을 베껴쓰기를 하면서 내가 글을 쓰고 있는 양 자연스럽게 글에 내가 이입된다. 점차 반복되면서 자연스럽게 나도 글을 쓰고 싶은 마음이 생긴다. 그때 감상 글을 쓰면서 내 생각을 토해내듯 나열이 되면서 긴 글을 쓴다. 또 내 글을 쓰면서 '하니까 되네. 나도 작가가 될 수 있어.' 하며 자신감이 생긴다. 하루에 반복된 글을 쓰는 나의 루틴은 끝이 없어진다. 어느 날 수업을 마치고 탈진상태로 걸터앉아 이런 생각을 했다. '만약에 내가 춤을 출 수 없다면?' 썩 좋지 않은 질문을 했다. 그때 내게 돌아온 답변은 '글을 쓰면 되지!' 무언가 위안이 되는 말 같았다. 춤을 추면서 글을 쓰는 나의 일상이 화려하지는 않지만 아주 단단해지고 묵직한 발자국을 남기는 기분이 든다. 한 방향으로 쭉 가는 길이 내겐 너무도 자연스러운 일상이 되었다.

'내가 무슨 자격으로 어떻게 할 수 있어. 난 아무것도 할 수 없어.' 하면 진짜 아무것도 할 수 없다. 노력하려는 마음을 가지고 실천하려면 분명한 목표가 있어야 한다. 결승점이 있는 달리기를 시작할 때 자신의 페이스를 조절할 수 있듯이 방향을 잘 정하는 것은 중요하다. 바다 위의 배가 목표지점까지 운항할 때에 방향을 많이 바꿔야 한다. 또한 하늘에 나는 비행기도 목적지까지 무사히 도착하기 위해 방향을 잘 정하고 전속력으로 날아간다. 나의 현재의 위치와 환경에 따라 약간의 변화는 있겠지만 내가 가고자 하는 방향은 정해져 있다. 한 걸음씩 걸어가는 노력의 결과가 반드시 올 것이다. 다른 사람들은 모른다. 그 사이의 미묘한 차이는 자신만이 분명히 안다. 그것의 확신을 하는 것도 자신의 몫이다. 결과물이 좋든 나쁘든 노력하면서 변하고 있는 과정이 더 소중하다. 내가 나에게 주는 용기와 땀의 수고가 헛되지 않다는 것을 알기 때문이다. 도전에 주저하지 말고 방향을 정해보자. 노력도 방향이 반드시 필요하다.

50대에 나는 춤에 도전했다

내 나이 오십대가 되었다. 스무 살이 서른 살이 될 때 젊은 시절이 지나 성숙한 어른이 된다고 생각하니 조금 기대가 되었다. 서른 살에서 마흔 살이 될 때쯤엔 정신이 없었다. 시간이 어찌나 빨리 지나가는지 하루하루 살아가느라 앞의 시간을 걱정할 틈이 없었다. 마흔 중반이 되고 나니 잃어버렸던 나를 돌아보게 되었다. 조금 일찍 찾아온 폐경이 내 몸 상태를 완전히 바꾸어 놓은 것 같았다. 혈압이 높아져 약을 먹어야 했다. 나를 돌보지 않고 앞만 보고 달려왔던 그 시점에서 멈춰 섰다. '아니 이건 아니지!' 저 밑바닥에 있는 내가 너무 가엾고 불쌍했다. 누가 끄집어내지 않으면 숨을 쉴 수 없을 것 같았다. 조금 일찍 결혼해서 꽃다운 이십 대에 못 해봤던 꿈들을 생각했다. 앞을 걸어갈 때 방해가 될 것 같아 버렸던 꿈들을 기억했다. 마치 현실에서 내가 그것을 하면 사치스럽게 느껴질 것 같았다. 할 수 없는 것을 자꾸 생각하면 더 비참하게 느껴질 바에는 아예 없애버리는 게 좋을 것 같아서 어느날, 이사할 때 고이 간직했던 추억의 상자를 다 버렸다. 이제 할 수 있는 날이 없을 것 같았고 다시는 돌아오지 않을 이십 대의 꿈을 생각하지 말자고 결심했다. 그런 내가 사십 대 후반에 우울한 갱년기를 맞이하면서 무언가 잘못 사는 것이 아닌가 생각이 들었다. 그리고 우연히 유튜브를 통해 보게 된 영상 하나가 내 가슴을 요동치게 했다. 하얀 옷을 입고 춤을 추고 있었는데 손동작과 몸이 하나가 되어 너무도 평화롭게 춤을 추고 있었다. 마치 가사와 춤이 연결된 것처럼 마음이 두근거렸다. 나도 추고 싶다는 생각이 들었다.

3년이 흐른 뒤 난 전문 훌라댄스를 가르치는 곳에 문을 두드렸다. 내 나이 50대에 맞이하는 새로운 도전이었다. 생전 처음으로 하는 훌라댄스, 내가 할 수 있을까 걱정이 되었다. 하지만 지금 하지 않으면 영영 할 수 없을 것 같았다. 100세까지 춤을 춘다고 생각하면 지금 시작해도 충분하지 않을까 생각을 했다. 입시를 하는 학생처럼 춤을 배우지 말고 즐겁게 해야겠다고 마음을 먹었다. 실제로 춤을 배우는 시간은 너무 행복했다. 일주일에 한 번 주말은 훌라댄스를 하는 시간으로 정해놓았다. 아침부터 오후까지 훌라댄스를 하기 위한 날로 정하고 점점 빠져들어 갔다. 분명 지도자 과정이긴 했는데 난 지도자가 되기보다 춤을 추는 것을 좋아했던 것 같다. 새로운 춤을 알아가는 것이 신기했다. 아무것도 모르는 사람이 어느 날 어렵다고 한 동작을 해내는 내가 너무 대견스러웠다. 꿈틀꿈틀 그동안 몸을 쓰면서 안 해봤기에 많이 어색해하던 몸들이 풀리는 느낌이 들었다. 마음은 간절한데 몸이 따라오지 않는다는 생각을 많이 하지 않는가? 아이들 운동회에서 많이 넘어지는 것이 마음보다 몸이 따라오지 않아서 그렇듯이 허리와 다리가 뻐근했다. 하지만 운동하고 난 후 상쾌한 기분은 참 마음을 기쁘게 했다. 그래서 끝나고 나서 기분 좋게 동료들과 수다하며 토스트를 먹었던 기억이 난다. 한참 뛰고 나면 잘 먹지 못하는데 간단한 요기를 하면서도 훌라댄스 이야기는 이어졌다. 기본동작을 이렇게 하면 더 잘 된다는 등 온갖 정보들을 접하게 된다. 50대에 시작한 훌라댄스이지만 누구보다 학구열이 높은 학생들은 자세가 다르다. 거의 다른 춤을 오래 하다가 훌라댄스도 배우는 사람들이 많았다. 춤과 연관된 관심이 고도로 높은 사람들의 관심사는 여전히 춤이었다. 난 그 속에서 이야기를 듣는 것만으로도 행복했다.

어느 날 협회에서 홍콩 페스티벌에 참석할 사람들을 모집했다. 협회 이사들이 참석하는 공연이었지만 너무 가고 싶었다. 그래서 겁 없이 신청했다. 한국에서가 아닌 홍콩에서 훌라댄스를 추는 것도 흥미로웠지만 다른 나라에서 훌라댄스를 하는 모습도 궁금했다. 다양한 경험이 또 나에게 좋은 기회를 만들어 주지 않을까 생각이 들었다. 두 곡을 열심히 연습했다. 무대의상과 장식품을 하나씩 준비하는데 어찌나 설레는지 마치 무대에 서 있는 떨림이 있었다. 실수하지 않으려고 반복해서 연습했다. 국제적인 망신을 주지 않으려면 순서는 철저히 외워야겠다는 생각이었다. 아주 능숙한 솜씨는 아니어도 적어도 틀리지는 말자 하는 마음으로 그러면서 배우기만 했던 것에 노력하는 내 모습을 발견했다. 시험을 치르듯 반복해서 연습했다. 그때 훌라댄스를 시작한 후 반 이상의 실력이 확장되었던것 같기도 하다. 다양한 자격증에 도전해서 완수했지만, 무대의 설렘은 참 긴장이 많이 되었던 것 같다. 홍콩에 가서도 해변에서, 관광지 언덕에서, 광장에서 수없이 연습했다. 훌라댄스를 하기 위한 여행이기에 거리공연처럼 모이기만 하면 연습 삼매경에 빠졌다. 드레스를 예쁘게 입어야 한다는 일념으로 날짜가 정해진 날부터 다이어트는 시작되었고 다행히 성공해서 벨벳 드레스를 무리하지 않게 입을 수 있었다. 모든 노력이 빛을 발하는 시간 거의 한 몸이 된 듯 무대 위에서 함박웃음을 만들며 즐겼던 것 같다. 속으로 달달 떨리는 가슴을 감추면서 얼굴은 웃었다. 아직도 얼굴이 뻣뻣해지는 느낌이 생생하다.

새로운 춤의 세계에 도전한 나는 참 다행이라고 생각한다. 내가 버렸던 꿈을 되찾았기 때문이다. 나의 20대의 생활은 대학을 다니면서 별도로 야간에 춤을 배우기 위해 2년제 대학을 신청했다. 춤에 관심이 있었지만, 전문적으로 배우고 싶어서 등록했다. 다양한 연령대가 섞여 있었다. 야간이었기에 직장을 다니면서 배우려는 사람도 있고 나처럼 학생들도 있고 나이 육십 대가 되어 시작하는 사람 등 정말 다양했다. 그때 배움이란 나이와 상관없이 자신이 하고 싶을 때 하면 되겠다고 생각했다. 그때 배웠던 학생 중 현재 왕성한 활동을 하는 사람들의 소식을 듣는다. 그때도 신기하게 배우면서 동작을 창작하는 능력이 있었다. 열심히 배우고 졸업하면서 가르치는 선생이 되어 대전, 광주 등 다양한 곳에 가서 가르쳤던 기억이 있다. 둘째 아이 임신하고도 열정적인 나의 춤의 세계는 이어졌다. 동아리 단체를 만들어 내가 필요로 하는 곳에 참석해서 춤을 추었다. 하지만 우리 가족의 캐나다 이민준비로 한꺼번에 모든 것을 정리했어야 했다. 그것이 나의 춤 공백기가 길게 이어질 거란 생각을 못 했다. 지금 다시 찾은 춤의 열정이 어쩜 못다 했던 그때의 기억이 있어서 그런 것은 아닌지 모르겠다. 다시 찾은, 다시 도전하는 나의 춤 세계는 황홀하다.

이제 마음껏 내가 하고 싶은 것을 되찾을 용기가 있다. 한 번도 해보지 않았던 새로운 장르의 춤에 도전해보는 것도 나쁘지 않다. 왜냐하면, 내가 그토록 배우고 싶었던 것이기 때문이다. 나이가 무슨 상관이 있겠는가? 지금부터 해도 50년은 더 할 수 있겠다. 길게 보고 내 몸에 맞게 천천히 배우면 다 할 수 있다고 생각한다. 무엇이 겁이 나는가 못하면 어떤가? 내가 잘해서 서울대 갈 것도 아닌데 내가 즐겁고 행복하면 그만인 것을 말이다. 이제는 누가 시켜서 하는 나이가 아닌 내가 하고 싶으면 결정하면 되는 나이다. 간혹 남편에게 물어보고 한다는 이야기를 종종 듣는다. 물론 상의를 할 필요는 있지만, 자신이 정말 하고 싶은 일이라면 결정을 할 나이가 되지 않았는가 남편이 반대하면 정말 하고 싶은 일을 포기할 것인가 이제는 내가 나를 일으키며 살아야 할 나이이다. 내가 내 미래를 책임지고 데리고 살아야 한다는 것이다. 그런 용기와 힘은 처음에는 생기기 어렵다. 하지만 자꾸 해보면 는다. "하니까 되네! 하면 할 수 있네!" 하고 자신감이 저절로 생긴다. 내가 가야 할 길은 내가 선택한다. 내가 도전하는 춤이 나의 인생을 어떻게 변화시킬지 아무도 모른다. 생각에만 그치지 말고 도전하면 또 다른 세계를 맛볼 수 있다. 그 꿈이 가리킨 방향대로 나의 몸을 돌려 걸어가보자. 할 수 있다는 생각으로 도전해보자.

춤은 나이와 상관없다

가까운 공원에서 오후 산책하는 것을 좋아한다. 집에서 약 15분쯤 걸으면 도심 속에 나무가 우거진 길이 생기는데 그 길로 따라 돌고 있으면 다양한 운동하는 사람들의 모습이 보인다. 철봉에 매달려 있는 사람들, 가족, 친구들과 함께 농구를 하거나 배드민턴을 하는 사람들, 벤치에 앉아 이야기하는 모습들이다. 코스를 돌려 가운데 분수대로 가는데 음악 소리가 들렸다. 여러 군중이 강단에 서 있는 한 사람의 동작을 따라 하고 있었다. 앞줄에 있는 분들은 꼭 끼고 화려한 색의 옷을 입고, 신나는 노래가 나오면서 모두 춤을 추고 있었다. 손뼉도 치고 앞으로 갔다 뒤로 갔다가 연신 몸을 흔들었다. 거의 중년을 훨씬 넘은 나이인 듯했다. 물끄러미 바라보면서 음악이 끝나고 표정을 보았다. 숨이 차고 땀이 흘러 빨개진 얼굴에서 함박웃음이 번졌다. 많은 사람이 모여 있는 공간에서 군중이 춤을 추고 있는 것이 신기했다. 우리나라 사람들이 흥이 있다고 하지만 이렇게 대중적인 공간에서 춤을 춘다고 생각을 하니 춤은 장소, 나이와 상관이 없다는 것을 느끼는 순간이었다.

처음으로 누군가를 가르치려고 마음을 먹고 대상자를 찾기 시작했다. 불특정 다수, 특히 중년여성들을 대상으로 모집공고를 냈는데 찾아오시는 사람 중 60대가 많았다. 특히 하와이 훌라댄스를 한 번도 해보지 않았는데 배워보고 싶어서 신청했다고 한다. 예전 하와이여행에서 본 그 춤을 추고 싶은 마음이 있다고 했다. 물론 내가 하와이 훌라댄스를 하면서 중년여성에게 딱 맞는 춤이라는 생각이 들었기 때문에 대환영이었다. 다양한 춤을 배우는 열정이 있는 사람도 있고 아주처음으로 춤을 추겠다고 신청한 사람도 있다. 훌라댄스의 기본자세는 무릎을 굽힌 상태에서 골반을 좌우로 흔들어야 한다. 어색하게 느껴지는 생소한 춤을 추면서 기뻐한다. 엉덩이를 씰룩쌜룩 오리처럼 부자연스러운 동작을 하면서 잘해보려고 애쓰는 모습에 하나라도 더 가르쳐주려고 매의 눈으로 자세를 본다. 하지만 절대적으로 기다려주는 것은 가르치는 사람의 기본자세인 것 같다. 지적을 대놓고 하면 힘들어지기 때문에 콕 집어 이야기하기보단 여러 번 반복해서 이렇게 하세요, 저렇게 하세요 하며 모두에게 주문한다. 내가 처음 배웠을 때도 그랬다. 자세를 어떻게 잡아야 하는지 몸으로 익히는 것이 최고로 빠른 방법이기 때문이다. 기다려준 만큼 서서히 자세를 잡아간다. 열심히 따라 하면서 즐기는 모습이 보인다. 처음 시작하는 춤 용어를 자꾸 물어본다. 하와이어가 익숙하지 않다. 당연히 한번 들으면 잊어버려진다. 그래도 자꾸 반복해서 이야기하면 구령을 부를 때 눈치껏 몸을 움직인다. 그 모습을 볼 때마다 마음속의 미소가 생긴다.

춤이란 무엇일까? 사람들은 왜 춤을 추는 걸까? 언제부터 춤을 추게 되었을까? 궁금한 생각이 든다. 춤은 수천 년 동안 인간 문화의 일부였던 표현의 한 형태이다. 그 기원을 추적하기는 어렵지만 춤과 같은 움직임의 증거는 고대 동굴 벽화, 조각 및 기타 유물에서 찾을 수 있다. 춤, 혹은 댄스(dance)는 산스크리트 원어의 Tanha(탄하)가 단어의 유래이며 Tanha는 '생명의 욕구'를 뜻한다고 한다. 댄스는 본질적으로 생명의 약동감을 가져다준다. 신체의 움직임은 언어를 대변하고 보완하는 몸짓이다. 신체의 움직임은 비언어적 움직임을 통해 언어로 설명할 수 없는 상징적, 은유적인 의미를 표현한다. 즉 언어만으로 표현하면 그 의미가 약하게 전달될 수 있는데 춤은 언어의 한계를 뛰어

넘는다. 춤은 음악에 맞춰 몸을 움직이는 자기표현이자 소통의 한 형태이기 때문에 사람들은 춤을 춘다. 춤은 개인 및 사회적 활동이 될 수 있으며 사람들이 자신의 감정, 창의성 및 문화를 표현할 수 있다. 춤추는 행위는 수천 년 동안 문화의 일부였으며 사회적 상호작용 또는 표현의 수단으로 이용되기도 하며, 영적인 의식 또는 공연 등에도 춤이 이용된다. 춤은 가장 원초적인 인간의 표현수단으로 운동, 스트레스 해소 및 즐거움의 한 형태가 되었고 역사와 함께 살아왔다. 모든 사람은 춤을 통해 감정의 표현, 심신을 정화하고 치유하며 다양한 경험을 춤을 추며 표현한다.

춤이란 '나를 찾는 몸짓'이라고 생각한다. 몸을 움직이는 주체는 '나'이다. 내가 땅에 발을 딛고 서서 그 표현이 남의 이야기가 아닌 나의 이야기로 말하듯 동작을 하게 된다. 수없이 반복해서 연습하는 이유도 남의 이야기를 내 이야기 화하기 위한 과정이다. 내 몸에 맞게 만들어진 동작은 어느 순간 일치감을 만들어준다. 춤을 잘 추고 못 추고는 중요하지 않다. 어렸을 때부터 탁월하게 훈련된 몸이 아닌 이상 모두 비슷하다. 내가 자발적으로 추는 춤을 추고 있으면 자연적으로 해소되는 것이 있다. 스멀거리며 나오는 '나'라는 자기를 발견한다. 나이와 상관없이 있는 모습 그대로의 자기표현으로 형성된다. 감각이 깨어나고 과감하게 표현을 하다 보면 자기주장이 생긴다. 몸을 움직이는 것만으로 자신의 실체를 당당하게 만들 수 있다. 그래서 춤을 추면서 상상력이 풍부해지고 감성이 되살아난다. 특히 하와이 춤은 자연을 배경으로 한 음악이 많아서 자연스럽게 더욱 꽃이 사랑스럽고, 점점 아름다운 생각을 많이 하게 된다. 춤을 추고 있는 동안은 한 편의 영화를 찍고 있는 느낌이 든다. 우리가 생각하는 고정관념이 있다. 잘해야 한다는 것이다. 잘하면 좋지만 춤을 추면서 행복하면 더 좋다. 누구를 위한 춤이 아닌 자신과의 내면의 대화로 나와 만나 춤을 추고 있으면 다른 사람들과 호흡을 맞추면서 하나가 되는 느낌이 정말 좋다.

다양한 도전은 어쩜 어설프고 힘들다. 한 번도 해보지 않았던 춤을 추고 있을 때는 어색하고 쑥스러운 행동이다. 그 모든 것은 처음이 중요하다. 약간의 생소한 감정을 이기면 어느 순간 자연스럽게 움직이는 나를 발견하게 될 것이다. 사람들이 음악이 좋다고 이야기한다. 좋은 음악은 감정을 이완해주고 편안하게 만들어 준다. 그리고 몸을 움직이는 행위는 더욱 적극적이고 활달한 자기표현이 되어준다. 춤은 나이와 상관없다. 사람들이 움직이는 것은 생명의 욕구라 하지 않는가? 희로애락을 자연스럽게 표현하는 방법을 배우는 것은 신체 건강뿐만 아니라 정신건강에도 좋다. 나에게 맞는 춤을 발견하고 꾸준히 노력하면 내 옷처럼 잘 어울리게 된다. 머리가 하얀 어른이 곱게 입은 드레스를 입고 자신이 공연할 순서를 기다리며 부채질을 하는 그 우아한 모습을 나는 잊을 수가 없다. 당당하게 자신이 할 수 있는 춤을 선보이며 건강하게 나이 들어가는 것이 어찌나 부러웠는지 모른다. 멋있게 잘 하는 춤보단 인생을 재미있게 살아가는 모습이 훨씬 보기 좋아 보인다. 점점 도전하기 힘들어하고 위축된 자신을 일으켜 세워주자 아무도 모른다. 내가 어떤 생각을 하고 있는지 하지만 자신은 안다. 내가 무엇을 원하고 있는지 내 안의 생명 욕구를 나이라는 잣대로 눌러놓지 말고 할 수 있음의 긍정적인 심리로 시작해보면 어떨까 생각이 든다. 내가 원하는 것을 찾아 더 나이 탓하지 말고 시작해보자 할 수 있다는 마음으로 처음 시작은 누구나 있다는 사실을 기억하자.

될 때까지 멈추지 마라

'인디언식 기우제'는 성공률이 100%라고 한다. 비는 인간의 삶에서 꼭 필요하다. 비는 자연현상으로 마음대로 조정할 수 없다. 인디언들이 신도 아닌데 어떻게 성공할 수 있을까? 그것은 비가 내릴 때까지 계속 진행하기 때문이다. 기우제 성공률 100%의 비결은 다름 아닌 오랜 기다림과 간절함이었다. 모든 성공에는 나름의 이유가 있기 마련이다. 비가 올 때까지 기우제를 지냈기 때문에 모두 성공했다는 것이다. 조금 무모하고 억지스럽다. 하지만 포기하지 않고 될 때까지 끝까지 노력하면 결과는 반드시 이루어진다는 것을 이야기해주는 것 같다. 마음으로 이루어지지 않아 좌절하기보단 될 때까지 한다면 못할 것이 없다는 것을 보여준다. 왜 포기하고 싶지 않겠는가? 때론 포기해서 얻어지는 것도 있겠지만 해보지도 않고 포기하는 것은 간절함이 부족하다. 꼭 해내야겠다는 결심으로 끝까지 해보는 노력이 있을 때 성공이라는 결과를 만들어 낼 수 있다.

훌라댄스 할 때 파우를 입는다. 종종 만들어서 입고 오는 사람을 본다. 하와이에서 만든 프린트가 화려한 치마를 입어야만 한다는 생각을 했다. 그래서 만들어 입는다는 것을 상상하기 어려웠다. 하지만 판매하지 않는 평소 내가 원하는 색상으로 입고 싶었다. 그래서 나도 만들어 봐야겠다고 생각했다. 동대문에 원단 시장을 몇 바퀴 돌아 내가 원하는 원단을 샀다. 그리고 재봉틀을 해주는 곳에 가서 견적을 물어봤는데 생각보다 비쌌다. 비싼 값을 주고 맡기고 싶지 않았다. 발길을 돌려 원단을 들고 집으로 돌아왔다. 아무 장비도 없었지만 나는 그냥 나만의 치마를 만들고 싶었다. 그리고 물끄러미 바라봤다. 옛날 사람들은 재봉틀이 없지만, 손바느질로 옷을 해 입었으니 못할 것이 없다고 생각했다. 손바느질로 치마를 만들어 봐야겠다는 결심을 했다. 내가 원하는 색상으로 치마를 만들 생각에 가슴이 꽁당꽁당 뛰었다. 그리고 3마 원단을 펼쳐서 박음질할 곳을 맞접어 바느질을 시작했다. 한 이틀에 걸려 만들어야겠다고 결심했다. 그만큼 오랜 시간이 걸릴 것 같았다. 한땀 한땀 드디어 긴 바느질의 시간이 시작되었다. 한도 끝도 없는 바느질의 세계 오랜만에 또 다른 것에 몰입하는 순간이었다. 손은 계속 움직이고 머리는 완성될 치마를 기대하며 끝나지 않을 것 같은 반복된 바느질은 계속되었다. 재봉틀로 한 시간이면 박을 수 있는 과정을 왜 나는 하고 있는지 무모했다. 하지만 내가 갖고 싶은 것을 내가 만들었다는 기대와 설렘은 또 다른 차원의 느낌이었다. 13시간의 긴 바느질 끝에 완성이 되었다. 첫 나의 치마가 완성되는 순간이다. 무모한 도전이지만 나에겐 가능성을 알려준 기회가 되었다. 내가 만든 치마를 입고 아름다운 음악에 맞추어 춤을 추어 보이기까지 구상을 했다. 끝까지 해내는 기분이 어떤 것인지 알기에 도전을 하게 된다. 새로운 도전 끝에서 얻어지는 새로운 감정들은 더욱 새로운 도전을 생각하게 된다. 무엇보다 하지 않으면 모를 세계를 도전하게 되면 알아지게 된다. '아! 이런 기분이구나.' 내가 느끼는 감정선에 새로운 감동을 선물하게 되었다.

첫 개인 저서를 쓰겠다고 결심했다. 공저로 글을 쓰고 난 직후였다. 한 꼭지를 완성할 때의 처음 느낌은 막막함이었다. 하얀 백지 앞에서 우두커니 앉아 바라보고 바라본다. 그리고 주어진 한 문장의 제목 앞에 기가 막힌 생각의 회오리바람이 분다. 생각 주머니들이 연결되면서 문장들이 고리가 되어 늘어난다. 손가락은 여전히 움직이며 장단에 춤을 추듯 쳐진다. 무슨 말을 하고 있는지 모르게 써 내려간다. 그

글이 어느새 A4 2장으로 마무리가 된다. 참 신기한 경험의 반복은 개인 저서를 쓸 수 있도록 도와준다. 해보자 하는 결심을 도와주었다. 그리고 5장 7꼭지씩 써야 하는 목차를 만들었다. 언제까지 초고를 써야겠다는 날을 선포하고 내 뇌에서 할 수 있다는 의식을 깨워주었다. 몸도 마음도 해낼 수 있다는 생각으로 꽉 차게 만들어 주었다. 공저 쓰기 6꼭지하고는 차원이 달랐다. 하지만 많은 양의 꼭지를 바라보기보단 하나의 꼭지가 모여서 한 권의 책을 만든다고 생각을 바꿨다. 그렇게 두꺼운 책을 보며 지레 겁을 먹고 쫄지 말고 공저 쓰기를 할 때처럼 하나씩 써내려가려고 마음을 먹었다. 하얀 종이 위에 글이 채워져 가며 하나씩 글이 쌓여갔다. 처음엔 빈 파일이었던 곳에 내가 쓴 글들이 쌓여가는 모습을 보면서 신기했다. 그리고 마침내 완성하는 그날이 다가왔다. 딱 내가 선포한 그 날에 완성이 되었다. 37꼭지를 내가 썼다. 평균 하루 2~3시간 동안 나와의 싸움에서 이겨 성공했다. 수많은 글쓰기 흔적이 마치 한 바구니에 담긴 탐스러운 사과처럼 열매로 빛나고 있는 것만 같았다. 한 번도 해보지 않았던 무모한 도전을 끝끝내 해내고 말았다.

도전은 누구나 쉽게 해낼 수 있는 것이 아니다. 할 수 없음에도 나와 타협을 하고 어르고 달래서 만들어진다. 사람은 쉽게 살고 싶어서 한다. 남들이 이루어낸 사실에 대해 부럽게 느껴지기는 하지만 그만큼의 노력을 해야겠다는 생각은 하지 않는다. 얼마나 고통스러운 순간인지 해보지 않으면 모를 것이다. 원한다면 하고 싶다면 해보면 알 것이다. 첫 삽을 뜰 때가 막막하다. 끝까지 해낼 수 있을까 하는 막연함이 용기 있게 시작하려는 마음을 앞장서 간다. 하지만 매번 그런 두려움보다는 해내고 난 후의 뿌듯함이 있다는 것을 기다리는 마음으로 시작한다. 어느새 완성된 글은 또 하나의 기적처럼 내 파일에 담긴다. 첫 번째 개인 저서가 완성될 때쯤에 난 두 번째 저서를 써야겠다고 마음을 먹었다.

사람들이 험하고 높은 산을 오르고 정상을 정복하고 나면 또 다른 도전을 멈추지 않는 이유를 조금은 알 것 같다. 목숨이 위태로운 경험 앞에서 도전을 멈출 수 없게 만드는 그 무엇이 있었기 때문이 아닐까 한 번도 가보지 않는 사람은 이해하기 힘든 세상이다. 내가 하고자 하는 도전들이 또 다른 도전을 선물한다. 남들이 쉽게 하든 어렵게 하든 내가 목표한 것을 이루어가는 것은 참 아름다운 길이다.

도전이란 단어는 '정면으로 맞서 싸움을 걸다'라는 의미가 있다. 어쩌면 실패할지도 모르고 힘이 들지만, 그럼에도 불구하고 피하지 않고 정면으로 맞서 싸우는 것이다. 도전에 주저하는 이유는 실패할까 봐 두려운 것 같다. 하지만 내가 해야겠다는 기대와 간절함이 있다면 도전은 멈추지 않는다. 도전을 극복하는 과정에는 많이 참아야 하고 결단해야 한다. 할 것인가 말 것인가 매일 자기와의 싸움이 시작된다.

그 과정을 이겨나가기 위해 조금도 의심을 하지 않아야 한다. 해낼 수 있다는 자신감이 없다면 수없이 많은 난관을 이겨나가기 힘들다. 누구도 알아주지 않은 길을 혼자 걸어가는 느낌을 이겨나가기 힘들다. 하지만 그 과정을 완수했을 때의 기분은 이루 말할 수 없다. 과정은 힘이 들지만 마지막에 도착한 달달한 성공의 열매는 성장을 동반한다. 또 다시 도전할 수 있는 자양분을 만들어준다. 실수와 좌절이 있다. 그것이 겁나서 시도조차 하지 않으면 아무것도 이룰 수 없다. 실패하더라도 새로운 아이디어로 도전하며 계속해내는 열정이 필요하다. 멈추지 않고 계속한다면 분명 방법은 생긴다. 계속 두려움에 맞서고 계획한 목표를 해내겠다는 용기만 있으면 된다. 하나의 화살이 과녁 정중앙에 맞춰지려면 집중을 해야 한다. 다른 사람의 시선, 조언보다 자신의 신념을 믿어보자. 산만하게 여기저기 기웃거리지 말자. 자신의 속도대로 할 수 있는 범위에서 세분화된 계획을 지키면서, 아주 작은 성공이라 해도 축하하며 하면 된다. 작은 도전이라도 멈추지 말고 될 때까지 해보자. 분명 위대한 도전 앞에 성공의 맛을 느낀 사람은 큰 기쁨의 선물을 받을 것이다.

관점이 달라지면 결과도 다르다

책을 쓰고 싶었다. SNS에 글을 올렸을 때 책을 써도 되겠다는 칭찬을 들었다. 그런 말을 들을 때면 대단한 사람들만이 쓸 수 있는 책을 내가 어떻게 엄두도 나지 않는 일이라고 생각했다. 하지만 책을 가까이하면서 교과서에 나올법한 박사들의 책 말고 소소하게 자신의 이야기를 쓴 책을 읽고 나서 용기가 생겼다. 그리고 방법을 찾았다. 글쓰기 강좌를 듣고 진짜 책을 쓰기 위한 준비를 했다. 책이라는 거대한 결과물 앞에 너무 겁을 먹은 걸까? 직접 실행하려고 하니 엄두가 나지 않았다. 그렇게 내 마음엔 절박함이 없었던 것 같다. 막연한 희망만 있을 뿐 그저 남들이 책을 내니까 한번 해볼까? 하는 마음이 있을 수 있다. 나에게 책을 쓰는 그 세계가 과연 어떤 것인가 관망하며 살펴본 것이 전부인 것 같다. 하지만 한곳에 고이 묻어두었던 소망은 언젠가 제자리를 찾았다. 나에게 맞는 왕도를 찾았다. 책이라는 결과물을 생각하기보다 나는 작가의 길을 선택했다. 매일 매일 글을 쓰는 사람으로 말이다. 거대한 책의 결과물을 잘게 쪼개어 보면 A4 2장이라는 꼭지 글이 모아져서 책이 된다. 내가 진정하고 싶은 것은 무엇인가? 그것은 글을 쓰는 삶이다. 글을 쓰며 자세하게 보는 습관이 생겼다. 조금 뒷걸음질 쳐서 멀리 보면서 생각한다. 그것이 나에게 주는 의미를 말이다. 그것이 왜 나에게 존재하고 있는지 그 존재만으로 무엇을 말하려고 하는지 곱씹어 생각한다. 글은 그냥 보았다고 끝나지 않는다. 설명해야 한다. 보이는 것을 자세히 말이다. 그럼 많이 바라봐야 한다. 그러면 내게 이야기하는 것처럼 무언가 딱 떠오르는 것이 있다. 그것을 글로 적는다. 그것이 글을 쓰는 삶이다. 글을 쓰면 또 기록에 남아 나중 내가 보면 절절했던 그때의 감정이 그래도 남는다. 그전보다 더 성장한 나의 모습을 대견해 하면서 또 회색으로 변한 내 시야를 분명하게 만드는 때도 있다.

분명 나는 작가가 되었다. 글을 쓰기로 한 순간부터 이제까지 내 노트북에 쌓인 글들을 보며 하루하루 글로 시작하는 일상이 너무 좋다. 나의 책이 나올까? 의심하지 않는다. 책을 만들기 위한 목표를 가지고 글을 쓰는 실천을 하고 있으니 반드시 책은 만들어진다. 하지만 결과물이 언제 나올지는 궁금하지 않다. 분명 책은 만들어진다. 나의 손이 나의 눈이 가리키고 있는 곳은 현재이다. 글을 쓰고 있는 지금이 있기에 미래를 장담할 수 있다. 글이 주는 위안이 있기에 즐기면서 가면 된다. 내가 바라는 것은 그것뿐이다. 혹시 글을 쓰지 못할까 봐 겁이 난다. 글을 쓰는 것은 큰 노력이 필요하다. 시간이 많다고 글을 쓰는 것은 아니다. 마음이 가난해야 글이 쓰인다. 마음이 잡다한 것이 너무 많으면 이 생각 저 생각으로 마음이 복잡하면 쓸 수가 없다. 생각이 떠오르지 않는다. 몰입되지 않는다. 글을 쓰는 지금 비가 내린다. 제법 굵은 빗방울이 5월의 하늘을 씻어주고 있는 것처럼 주룩주룩 내린다. 마음의 욕심을 마음의 복잡함을 씻어야 흰 백지 위에 글은 써 내려간다. 분명 내가 바라보는 것을 써 내려가지만 어떤 눈으로 바라보았는지에 따라 달라진다. 어두운 마음의 눈으로 바라보면 의심과 시기로 가득 찬 눈으로 바라보게 된다. 기쁨과 환희에 찬 눈으로 바라보는 세상은 온통 핑크빛으로 환한 세상으로 비추인다. 정확하게 보고 판단하기를 바라는 마음에서 정화해야 한다. 마음이 가난하려면 모든 것을 내려놓아야 한다. 버려야 한다. 기쁨, 슬픔, 괴로움, 즐거움 모든 것을 내려놓고 아무것도 없는 무에서 시작해야 한다. 그것을 나는 글을 쓰면서 배운다. 긍정적이라는 것은 어쩜 이런 것이 아닐까? 덮어놓고 웃어버리는 것이 아니라 중립적인 상태로 내 마음의 온도를 맞추기 때문에 가능하지 않을까? 차갑지도 뜨겁지도 않은 마음의 상태를 만들어 유지하는 것 그래서 기쁠 때 마음껏 웃어보고 화가 날 때 분을 내어도 내가 소화할 수 있을 만큼 조정할 수 있는 상태로 조정할 수 있는 연습을 할 수 있다.

무엇을 버리고, 무엇을 비우고, 무엇을 멈출지 아는 것만으로 행복하다. 우연히 만들어지는 행동이 아닌 도전하고 성장하면서 자연적으로 알아가게 된다. 불확실한 도전을 하면서도 두려워하지 않는 것은 내가 할 수 있는 아주 작은 것을 조금씩 해나가면 된다. 원대한 꿈이 있는가 과감한 목표를 세웠는가 그럼 크게 생각하고 작게 시작하는 방법을 찾으려고 집중해야 한다. 목표를 달성하는 방법을 알기 위해 현재 상황에서 무엇을 해야 하는지 말이다. 부정적인 관점이 아닌 내가 하는 일이 가장 위대하고 우주보다 더 고귀한 일임을 생각하면서 한 걸음씩 걸어가면 된다. 미리부터 포기하지 말고 내가 가지고 있는 고귀한 능력을 꺼내서 연마하면 된다.

관점이 달라지면 결과도 다르다. 관점은 세상을 바라보는 방식을 의미한다. 개인의 경험, 신념, 문화적 배경 및 사회적 맥락을 포함한 다양한 요인에 의해 형성될 수 있다고 한다. 개인마다 상황을 해석하거나 분석하는 방식이 다를 수 있다. 그래서 결과가 달라질 수 있다. 좋은 관점을 유지하는 것도 아주 중요하다고 생각한다. 감사와 삶의 긍정적인 측면에 집중하는 것이 도움이 될 수 있다. 부정적인 생각보단 긍정적인 확언으로 일상을 바꾼다. 과거에 연연하거나 미래에 대해 걱정하기보다 현재에 집중하고 할 수 있다는 생각으로 하루하루를 도전하고 삶에 대한 긍정적인 시각으로 바라보자. 점차 더 좋은 삶으로 나의 일상을 바꾸다 보면 내가 생각한 목표에 어느새 도달해 있을 것이다. 내가 해석하고 바라보는 시선을 믿어보자. 잘 하고 있고 잘 살 수 있다는 생각으로 바라보자. 누군가의 시선으로 바라보는 것을 바꾸고 내가 나의 시선으로 바라보자. 이 얼마나 아름다운가!

인생, 한번은 치열하게 살아라

성공하는 사람들은 좋은 습관이 있다. 새벽에 깨어있다. 남들이 잠들고 있을 때 무엇인가 만들어낸다. 가장 창의적이고 영적인 시간에 깨어서 무언가 염원하고 반성하고 하루를 성취하기 위해 마음을 가다듬는다. 자신을 깨우는 일은 쉽지 않다. 더 자고 눕고 싶은 마음을 일으켜 세운다. 잠을 자기 전부터 내일의 이른 시작이 기다리고 있음을 알기에 충분히 쉬어준다. 그 바람대로 일어나서 원하던 것을 하나하나 이루며 살아가는 삶은 아름답고 단단해진다. 내가 하고 싶은 일은 글을 쓰는 것이다. 조용한 새벽, 일어나 거울 앞에 있는 나와 마주하며 웃어준다. 새로운 시작과 동시에 함께 일어나 나와 동행할 나의 상태를 살피는 그것만큼 중요한 행사는 없다. 또렷한 의식을 확인하고 마음의 상태를 바라보면서 웃어주는 그 짧은 찰나가 있기에 아침이 밝아진다. 그리고 물 한 컵을 담아 혈압약을 먹는다. 조용한 나만의 시간, 모두가 잠든 시간, 홀로 깨어 내가 쓰고 싶은 글을 상상하며 적어갈 때 행복하다. 때론 이것이 무슨 의미가 있을까 생각이 들기도 한다. 하지만 나에게 아주 중요한 의식과도 같은 하루의 반복된 습관이 있기에 내가 있는 것 같다. 내가 좋아하고 있기에 지금까지 반복하고 있지 않은가! 싫으면 진작에 바꾸거나 하지 않을 테지만 오래된 나의 습관이 되고 있다. 남들이 알지 못하는 내가 나를 응원하고 일으켜 세우는 시간을 만들고 있다.

"큰일 나! 나이 많아서 잘못하면 무릎 다 나가!"

내가 12시간 지리산 등산을 했다는 이야기에 동생이 한마디 한다. 이미 벌어진 나의 성공담이다. "왜 그렇게 무모한 일을 했어?" 평소 등산을 잘 하는 편이 아닌 것을 동생은 알기에 등반을 결정한 이유를 궁금해했다. 사실 무모한 것은 맞다. 어려운 산행을 성취하고 싶은 마음의 욕구가 있었다. 퇴사를 결정하고 모든 것이 끝나버리는 것 같았다. 오래 다녔던 직장을 그만두고 새로운 일을 시작하는 시점에서 나의 한계에 도전하고 싶었다. "네가 선택한 일은 정말 힘든 일이야 또다시 처음부터 시작해야 해" "그냥 있어도 되는 편한 길을 버리고 왜 스스로 어려운 일을 하려고 해" 오래도록 익숙했던 안정적인 생활을 버리고 새로운 길을 선택한 시점에서 나의 한계에 마주한 나를 시험하고 싶었다. 앞으로의 어려움을 이겨나갈 수 있는 의지와 노력이 필요했다. 그것을 산행으로 선택했다. 새벽길 앞이 보이지 않은 산길, 불빛을 의지해 올라가는 길부터 두근거렸다. 아무것도 보이지 않은 산길에 긴장감과 비장함이 교차해 보이는 동행하는 사람들의 숨 가쁜 숨소리가 들렸다. 숨이 턱까지 차오르면서 고비가 온 듯했다. 일부 사람들이 빠져나가면서 정비가 되었다. 올라갈까 말까 하는 고민이 지나가는 찰나에 "무슨 소리 여기까지 왔는데, 올라가야지! 할 수 있어!" 하며 마음을 잡았다. 그렇게 다시 시작한 산행 이미 선두조 하고는 거리가 멀어졌다. 결국 나의 템포를 맞추어주며 4명이 자포자기하는 심정으로 즐기기 시작했다. 가도 가도 끝이 없는 길을 걸어갔다. 정상의 길은 아주 멀었다. "포기하지 않으면 언젠가 오를 수 있을 거야." 하는 오기가 무거운 발을 이끌고 갔다. 드디어 정상을 마주했다. 나무 하나 없는 큰 바위 위에 아주 차가운 바람이 정상의 위엄을 알리듯 불고 있었다. 내가 올랐다는 성취감이 마음 가득 담겨져 있으니 머리가 상쾌했다. 올라올 때 안갖힘을 쓰고 올라온 덕분에 모든 에너지를 다 쓰고 왔기에 내려가는 길이 그렇게 힘이 들 줄 미처 몰랐다. 다리가 말을 듣지 않았다. 발이 마음대로 움직이지 않았다. 돌 짝 길을 넘어 계단을 내려가야 하는 길은 올라가는 길보다 한없이 멀게 느껴졌다. 이를 악물고 죽는 힘을 다해 내려왔을 때 내가 정상에 올라가려고 온 것이 아닌 잘 내려오는 연습을 하려고 온 것 같은 기분이 들었다. 사실 내려오는 과정이 어쩜 더 중요하다는 생각을 그 찰나에 뼈저리게 느꼈다. 마음을 다잡고 아름다운 마무리를 할 수 있겠다고 생각했다. 어떤 어려움이 와도 올라갈 수 있는 용기가 있다면 내려올 때 더 힘들어서 마음부터 챙기려고 했다.

다시 시작은 뭔가 설렘을 준다. 유명 강사 김미경이 진행하는 '514 챌린지'라는 새벽 5시 14일 동안 깨어나 하루 하고 싶은 일들을 수행하는 시간이 있었다. 나는 1년 동안 완주했다. 그리고 5개월이 지난 후 다시 매주 월요일마다 새롭게 재편성되어 시작된 미라클 모닝은 너무 기대가 되었다. 기상 시간 4시 50분, 원래 일어날 수 있는 시간이지만 그 전날부터 마음을 먹는다. 꼭 일어나야 한다. 해도 그만 안 해도 그만이다. 그것이 뭐 그리 중요하냐고 생각이 들겠지만 1년 동안 나를 일으키며 다짐했던 옛 기억이 나를 또 일어나게 만들었다. 한발 걸어갈 때마다 두려움으로 성취하지 못했던 것들을 도전하게 해주었다. 꺾여진 나무에서 새로운 싹이 나듯이 살아갈 수 있음을 느꼈다. 내가 아닌 다른 사람들과 함께 서로를 일으켜 세워주며 거대한 물결이 파도를 헤치듯 그 속에서 살아내려 발버둥 치는 나를 응원했던 시간이었다. 하나의 의심도 없이 다시 시작한 나의 일상을 하루하루 일어나며 다짐하고 또 다짐했다. 그런 시작을 이젠 조금 성숙해진 내가 마주한다. 본격적으로 일어나는 것이 두려워지지 않은 상태이기에 또 하나의 진솔한 나를 마주하는 순간이 온 것이다.

"밥이 나오니, 쌀이 나오니."

무언가 생산적인 일을 해야지 않겠냐는 말에서 조금 이기적으로 살아야 한다고 생각했다. 그리고 그렇게 배웠다. 마음이 움직이는 대로 하려면 그것과는 조금 멀어진다. 현실적이고 생산적인 일보단 가슴이 뜨거워지는 일을 하게 된다. 그 일이 값지다는 생각을 한다. 평범하게 살아가는 것이 더 어렵다. 뜨겁게 도전할 거리를 찾게 된다. 이때가 아니면 못할 것 같은 기분이 든다. 치열하게 살아갈 방법을 찾게 된다. "조금 귀찮아지고 힘들어질 텐데 꼭 해야겠어? 그렇게 하고 싶어?" 나에게 질문을 하게 된다. 그럼 나는 "예스."라고 대답한다. '인생 한 번밖에 없는데 지금 아니면 언제 해 보겠어.'라고 생각한다. 내가 할 수 있을 때 해보면 길이 된다. 연결된다. '오늘 아니면 내일 하지.' 하고 생각할 때 조금 마음을 고쳐먹는다. 무작정 내일 하지가 아니라 때를 정하고 미룬다. 그리고 기어코 해낸다. 내가 나와 약속한 것은 무슨 일이 있어도 지키려 한다. 내가 한 약속을 아무도 모르지만 나는 안다. 내가 한 약속을 지키지 못하면서 더 큰 일들을 할 수 없으므로 나에게 더 솔직해지려고 노력한다. 나는 나의 한계를 잘 안다. 하지만 가능성도 물론 안다. 노력하면 할 수 있는 일도 하지 않으려 한다. 하지만 나를 매일 일으키는 것을 할 수 있는 것은 내 책임이다. 내가 스스로 할 수 있는 일을 미루지 말고 내가 계획한 시간, 기한에는 꼭 지키려고 한다. 그 작은 성공이 있기에 더 치열하게 살아가려 애쓴다. 내가 나를 이기기 위해서 말이다. 할 수 있다. 하면 된다. 될 때까지 하자!

시작하기에 늦은 일은 없다

춤을 배우려고 세미나에 참석할 때 일이다. 처음에는 백여 명의 사람들이 있었는데 심화 수업을 다시 신청했을 때는 20여 명이었다. 다양한 연령대의 사람들이 있었다. 특별히 기억이 나는 것은 자기소개할 시간에 남편을 하늘나라로 보내고 무엇을 할까 고민하다가 춤을 추어야겠다는 다짐을 했다는 이야기를 했다. 내 나이 20대여서 그때 60대는 조용히 인생을 정리할 때라고 생각했었다. 그리고 대학이라는 이름으로 커리큘럼에 맞추어 춤을 배울 때도 그 학생은 있었다. 반듯하게 용기 있는 행보를 계속 이어갔다. 그 이후 미국에서 많은 사람에게 춤을 가르치며 공연을 하고 있다는 소식을 종종 듣는다. 비슷한 나이가 되어가니 느낀다. 주저앉아 슬퍼할 그때 뜨거운 가슴을 안고 다시 시작한 심정이 느껴졌다. 절망스럽고 낙심될 때 인생을 다시 살아 보겠다고 다짐하고 앞만 보고 걸어간 사실을 말이다. 여장부 같은 성품으로 무엇을 하나 하게 되면 빈틈없이 완벽하게 해내는 모습을 볼 수 있었다. 하나라도 최선을 다해 만들려고 노력하는 열정에 왜 저렇게 열심히 하는 걸까? 생각이 들었는데 어린 내가 생각한 열정과 달랐다. 분명 아는 만큼 쏟아내는 정성은 차원이 달랐다.

그때 함께 춤을 배우던 친구들을 25년 만에 만났다. 캐나다로 시집을 간 친구가 한국에 들어온다는 소식에 수소문해서 연결되었다. 9명이 모였다. 초창기 멤버 1기 5명은 다 모였다. 각자가 살아온 삶 이야기를 아주 짧게 들었다. 순간이동을 한 듯 모였는데 그때의 모습이 여전히 생생하고 애틋했다. 아이 넷을 키우며 살아오다 이제 자신이 하고 싶은 일을 시작했노라고 이야기를 한다. 목사라는 직분으로 당당히 살기 시작한 지 3개월이 되었다고 한다. 정말 대단하다. 평생 남편을 도와 사역을 도우며 사모로 살아온 친구는 모든 연락을 다 끊고 살았다가 이제 참석한다고 했다. 나도 그랬다. 20년이란 세월이 흘러갈 동안 내가 하고 싶은 일을 하지 못했다. 엄마가 되고부터 할 일이 많았다. 내가 가지고 있는 시간을 쪼개어 살아내야 했다. 아이가 한 명씩 늘어날수록 내 시간은 쪼개고 더 쪼개어졌다. 그렇게 하루를 회사에 쪼개고 가정에 쪼개고 나면 쭉 늘어진 내 몸은 다음을 위해 쉬어야 했다. 오로지 그것이 최선이었다. 헛헛한 심정은 말할 것도 없다. 자신의 존재는 점점 사라져가는 느낌이 들고 사회의 부속물처럼 본능적으로 살아가는 기계적인 사람으로 변해가는 느낌이었다. 분명 친구들과 그 과정을 거쳐서 훌쩍 지나가 버린 시간을 보내고 왔을 것이다. 그리고 꿈틀꿈틀 다시 내 본연의 자아를 찾으려고 노력하는 모습을 볼 수 있었다.

"늦게 피는 꽃은 있어도 피지 않는 꽃은 없다."

언젠가 강연에서 들었는데 아주 강하게 내 마음의 문구가 되었다. 내가 이 세상에 태어난 목적은 다음 세대를 이어가도록 자식을 낳고 남편의 성공을 도와주는 것으로 생각했다. 무슨 동물학적인 이야기냐고 말하지만, 나의 한 몸을 통해 한 생명이 태어나는 고귀한 순간이 이 경이로운 순간이 있을 수 있는가 여러 번 감동적이었다. 풍요롭게는 살지 못했지만, 정신적인 평안함을 위해 노력했다. 우리가 살아가는 세상은 경쟁 속에 살아야 한다. 누군가는 위에 있고 누군가는 아래에 있어야 균형이 맞아진다. 그것은 구조적인 형태이다. 마음의 소통은 평행이어야 한다. 있는 그대로 바라보고 생각해야 서로의 이야기를 들을 수 있다. 그것이 내가 살아온 방식이다. 사람들이 살아가는 정도는 지키지만 다른 사람들이 꽃이 피었을 때 피지 않았다고 다그치거나 낙담하지 않았다. 공부라는 굴레에서 그것이 전부인 양 살아가는 것을 엄마라는 사람이 더 앞장서서 등 떠밀지 않았다. 스스로가 선택한 길에 책임을 느끼면서 살아가도록 안전한 가정의 울타리에서 바라보고 기도했다. 내가 열심히 살아가는 뒷모습만 보여주었다. 아주 오래 지나 나의 모습을 기억할 때 인상 쓰며 잔소리하는 엄마의 모습을 보여주고 싶지는 않았다. 아이들이 성인이 되어 오순도순 모여 앉아 밥을 먹을 때면 행복한 미소가 가슴으로 웃어진다. 늦게 피는 꽃이라는 말은 여전히 내 마음에 살아있다. 기다린다는 것은 너무 어렵다. 해가 아니면 전구의 빛이라도 비추어서 어서 피우고 싶은 마음이 든다. 오랜 세월 돌아 남편이 꽃을 피우기 시작했다. 30년이란 결혼생활 본인이 하고 싶은 일을 찾기까지 내가 할 수 있는 일이라곤 기도밖에 없었다. 분명 결혼할 때 사모였다. 목사님들의 소망은 자신의 목회지, 교회일 것이다. 오랜 부교역자 생활은 나이가 들어가면서 힘들어지는 것 같다. 내 마음속의 소망은 교회를 개척하는 것이었다. 그것이 마지막 내가 해야 할 일이라 마음을 먹었다. 하지만 내가 아무 힘도 없고 가장 가난할 때 그것이 이루어졌다. 그리고 더 기적 같은 일은 평생 교회에 가지 않았던 시아버지께서 첫 번째 성도가 되었다. 기도했던 일들이 단번에 이루어지는 순간이었다. 그토록 바라던 일들이 순식간에 저절로 이루어졌다. 용인에서 서울로 매주 오기도 힘드실 텐데 발걸음을 교회로 옮겨 한 시간 동안 어색한 모든 시간을 앉아계신다. 머리가 희어져 힘이 없어진 상태지만 두 분이 함께한다. 예배형식에 맞는 최대한의 예의 있는 멋지고 곱게 차려입고 나들이 오시는 느낌처럼 보기가 너무 좋다. 강단에 서 있는 아들의 목소리에 귀 기울여 듣는다. 신앙의 힘을 빌리지 않더라도 아들이 잘되기를 바라는 아버지의 마음이 아닐까 생각이 든다. 내가 바라는 것도 그것이다. 내가 할 수만 있다면 도와주고 싶다. 하지만 그것이 이루어지기까지 많은 시간 기다려야 했다. 그리고 가끔 남편이 이야기한다. "너무 늦게 시작한 건 아닐까?" 바로 나는 이야기한다. "지금이 어때서 충분히 할 수 있어!" 조금의 망설임도 없이 이야기를 건넨다. 잠깐의 의심도 없이 확실하게 해야 할 일이라는 것을 알려주고 싶었다. 누구나 첫 시작은 설렘이기도 하지만 두려움이 생기게 마련이다. 시작하지 않았다면 이런 고통도 없었을 것이라고 말한다. 하지만 감당할 수 있는 고통을 준다고 생각한다. 해보지 않고 알 수는 없다. 또 해보면 알 수 있고 방법은 얼마든지 있다. 그것을 찾아서 최선을 다해 노력하면 된다. 인생에서 실패는 없다. 반드시 그 과정을 통해 배워가는 것이 있고 그 과정을 통해서 만들어 가는 영향력이 생긴다. 이 땅에 태어나 목적을 다 하고 돌아간다면 그것보다 행복한 것은 없다. 내가 할 수 있는 일들을 이루어가도록 기도할 뿐이다.

시작하기에 늦은 일은 없다. 바라고 기도하는 소망이 있는가? 그것이 내가 할 수 없는 일이라면 신만이 허락하실 수 있는 길이라면 기도하면서 내가 할 수 있는 방법을 찾으면 어떨까? 나이가, 형편이, 환경이, 모든 것이 진짜 내가 망설이는 걸림돌인가? 그것은 핑계이고 이유를 만드는 구실일 뿐이다. 내가 하고자 한다면 간절함이 있다면 왜 고민하는가? 한번 살아갈 인생에 주저하지 말고 하면 된다. 될 때까지 노력하면 된다. 설사 안 되더라도 목적을 가지고 살아온 그 과정이 고스란히 남아 나의 성장을 도울 것이다. 그것이 도전해야 할 이유이다. 매일 생각만 하는 자포자기한 나를 깨워 시도라도 해보자. 그럼 기회가 온다. 늦을 때라도 내게 알맞은 꽃을 피울 수 있는 시간이 온다. 절대 포기하지 말고 안 된다고 생각조차 하지 말고 가능한 일부터 차근차근 쌓아보는 것은 어떤가? 나는 못하더라도 가능한 길들이 열리는 기적이 일어날 것이다. 확실하게 경험한 나는 믿는다. 그때는 아무도 알 수 없다. 그래서 시작이라는 때는 결코 정해져 있지 않는다고 생각한다. 그래서 도전을 주저하지 않는다.

Chapter 3

훌라댄스의 매력

훌라댄스로 나는 숨 쉰다

훌라댄스를 배우겠다고 결심한 날이 기억이 난다. 처음으로 배우는 춤의 세계에 입문하는 그 순간에 나는 설렜다. 오래전에 추었던 춤과 다른 새로운 것을 배운다는 것의 기대감은 더 흥분되게 만들었다. 시간이 어떻게 흐르는지 모르게 선생님을 따라 하다 보면 어느새 훌라댄스를 하고 있었다. 특히 하와이 음악을 듣는 순간부터 마음이 편안해지고 즐거워졌다. 매주 토요일이 기다려지는 이유였다. 반복되는 회사생활에서 온갖 스트레스를 안고 살고 있었다. 제대로 해소하지 못한 채 또 하나의 걱정이 더해지는 복잡한 상황, 책임감은 더해져 극도로 예민해진 상태였다. 하지만 홀라댄스는 햇병아리처럼 자리 잡아 어설프게 하는 나의 행동이 하나도 밉지 않았다. 어떤 경쟁의 상대가 되지 않았다. 평가의 대상도 되지 않았다. 몸을 음악에 맞추어 움직이는 순간이 자유로웠다. 내가 싸워야 할 세상과 다른 공간에 있는 듯한 느낌이 들었다. 춤은 그렇게 나의 일부분으로 스며들어왔다.

오래전부터 내 인생에서 춤이라는 것을 밀어내고 있었다. 한 가지에 집중해야 한다고 내가 하고 싶은 것을 다 하고 살지 못하기 때문에 버려야 한다고 생각했다. 그래서 나의 시간을 삶을 사는 현실에 모두 붙잡아 놓고 있었다. 그것이 내가 사는 최선이라고 생각했다.

어느 날 운전을 하는데 가슴에 통증이 오면서 숨이 쉬어지지 않는 느낌을 받았다. 너무 놀랐다. 나의 의지와는 상관없이 멈춰있는 아주 짧은 순간이 고통스러웠다. 금세 다시 회복되어서 다행이었다. 병원에 가서 진료를 받았지만 아무 이상이 없다고 했다. 나도 모르게 극심한 스트레스를 받는 것이 분명했다. 그 무렵 고혈압 진단을 받고 약을 먹었다. 40대 후반이지만 아직 젊다는 생각을 할 나이에 혈압약을 먹는다는 것은 작지 않은 충격이었다. 자꾸 늘어나는 몸무게는 점점 우울하게 했다. 좀 빠른 폐경이 갱년기 증상까지 찾아온 것 같았다. 금세 열이 올랐다가 내리고 괜한 불안함과 초조함이 내가 나를 통제할 수 없을 지경에 이르고 있었다. 나만 힘든 것 같아 경직된 생활에서 돌파

구가 필요했다. 그때 내가 새롭게 배우고 있는 훌라댄스가 숨을 쉬게 하는 창문이 되었다. 춤추는 일주일의 하루가 나를 행복하게 해주었다. 아무 생각 없이 참석하는 그 자유로움이 좋았다. 나도 모르게 화려한 그림이 그려진 원색의 치마를 입으면 해변에 있는 하와이인이 되어 있는 것 같았다. 손으로 그림을 그리듯 하나하나 정성스럽게 동작을 따라 하는 시간에 있는 것만으로 행복했다. 잘하든 못하든 상관없다. 복잡한 시간을 거슬러 아주 담백한 시간을 보내는 순간이 좋았다. 얼굴 가득 미소가 해방감에 웃음이 나왔다. 긴 호흡으로 배우고 싶었다. 오래도록 나와 함께 살 수 있는 동반자처럼 훌라댄스라는 친구를 얻었다.

"훌라댄스 자격증 과정을 해보실래요?"

어느 날 훌라 선생님이 나에게 물어보셨다. 내가 자격증 과정을 들을만한 자격이 되는가 생각했다. 1년 동안 꾸준히 배우고 있는 나에게 또 다른 도전 거리를 던져주었다. 그리고 해보고 싶었다. 이왕 배우는 것 자격증을 따놓으면 좋을 것 같았다. 요일도 토요일이어서 할 수 있었다. 2급 과정을 배우고 자격증을 받기 위해 협회에 갔다. 훌라댄스 선수들이 모여있는 듯 취미로 하는 반하고는 차원이 달랐다. 모두가 훌라댄스에 진심이었다. 혼자가 아닌 동료가 있다는 것이 또 다른 즐거움을 주었다. 내가 좋아하는 것을 똑같은 감정으로 나눌 수 있다는 것이 좋았다. 그 시작이 여러 자격증을 이수할 수 있는 원동력이 되어 주었다. 점점 어려운 곡들을 소화해 가면서 훌라댄스에 관한 관심은 깊어졌다. 토요일 아침부터 저녁까지 훌라 세상에 빠져 춤을 추게 되었다. 잠깐 한 시간만 하고 오는 취미 생활에서 하루 온종일 추어도 부족한 전문가 생활로 변해있었다.

코로나 때 모든 모임이 멈춰졌다. 함께 모여 춤을 출 수 없었다. 다행히 모든 자격승과정을 나 마친 이후이긴 했지만 모여서 함께 할 수 없다는 것이 아쉬웠다. 친한 동기가 하와이 분위기 있는 카페에서 밥을 먹자고 제안을 했다. 오랜만의 만남이 너무 좋았다. 그리고 정기적으로 스터디를 하자고 자연스럽게 약속을 했다. 오래도록 함께 춤을 추고 있었고 비슷한 생각으로 단짝이 되어 만나기를 반복하다 보니 자연스럽게 훌라댄스가 연결되는 느낌이 들었다. 한 달 동안 서로의 성장에 관해 이야기를 나누고 배운 것을 복습하고 새로운 동작을 익히고 반복된 즐거운 훌라댄스는 이어져갔다. 끈을 놓을 수 없이 자연스럽게 훌라댄스를 하면서 내 생활의 일부로 숨을 쉬게 해주었다. 한 달이라는 시간에 숙제처럼 주어진 훌라댄스는 희미하면서 분명하게 살아있었다. 내가 유튜브를 시작할 때도 그때부터이다. 주말에 몰아서 새로운 곡을 창작하고 틈틈이 연습해 두었던 곡을 몰아서 촬영한다.

한꺼번에 촬영해 놓은 소스를 일주일에 한 번씩 올려놓는다. 혼자만의 훌라댄스 생활을 증명하듯 아직도 유튜브에 살아있어 꾸준히 조회 수를 올리고 있다.

지금은 훌라댄스 강사가 되었다. 훌라댄스를 가르치는 사람이 되었다. 배우고 연습하던 것에 가르치는 것을 해내는 사람이다. 완벽한 동작을 알지 못하면 지도할 수 없다. 알고 있는 동작도 따라 할 수 있게 박자마다 쪼개어 설명을 자세히 해주어야 한다. 그냥 "나 따라 해보세요"라고 하는 것을 넘어 노래와 동작의 의미를 풀어서 알려준다. 어쩜 내가 배우면서 갈증을 느꼈던 부분을 더 보태서 알려주게 된다. 몸이 고생하기는 한다. 무한 반복이 답이라는 생각에 계속 짧은 구간을 완벽하게 만들어주려고 해준다. 잘 알고 춤을 추어야 생각과 동작이 일치할 수 있기 때문이다. 익숙한 동작에 감정을 보태고 자유롭게 춤을 추는 맛을 느끼게 하고 싶기 때문이다. 가르치는 사람마다 다 다르다. 내가 가르치는 방식을 연구하고 그것이 현실에 맞는지 계속 점검하고 계발해내고 있다. 각각 다른 환경에서 다른 사람들을 만나고 이야기를 듣고 있으면 하나하나 더 배우게 된다. 그것이 배우는 것과 가르치는 것의 차이일 것 같다. 배울 때는 선생님의 가르침이 전부라면 내가 강사가 되고 보니 매 순간이 배움이다. 다른 사람들의 목소리에 귀 기울이지 않으면 더욱 혼자 고립될 수 있겠다는 생각을 한다. 진짜로 내가 살아가는 방식을 찾아가려면 아직도 도전을 멈출 수 없다.

훌라댄스로 나는 숨을 쉰다. 내가 쉬는 숨은 처음엔 내가 살고 싶어 훌라댄스를 찾았다면 지금은 다른 사람들의 숨을 쉬게 해주고 있다. 자신이 숨을 쉴 창구를 내가 만들어 주고 싶다. 내가 토요일이면 훌라댄스를 추면서 심폐소생술을 하는 느낌처럼 숨을 다시 몰아쉬고 일상을 처절하게 살아냈다. 그리고 지금은 내가 그들을 만나고 있다. 오랜 세월 헌신하며 살아왔던 인생을 이제 무언가 찾아 밝게 살고 싶은 사람들에게 훌라댄스를 가르치고 있다. 이쯤 내가 찾았던 그 심정으로 훌라댄스를 추고 있을 것 같다. 수업시간에 최대로 예쁘게 치장한다. 동작을 통해 힐링이 되지만 선생님의 동작을 보며 내가 추고 있는 것처럼 착각할 때가 있다. 거울에 비친 내 모습을 보기보단 선생님을 더 많이 보기 때문이다. 그래서 최대한 밝고 아름다운 모습으로 앞에 서 있다. 초보자들에게는 흥미 위주의 즐거움이 더 크다. 조금 알게 되면 땀을 많이 흘리면서 몸을 만들어 가는 것이 중요할 시점이 되기까지는 여러 과정을 거쳐야 한다. 행복한 생각들은 언제나 끊임없이 나온다. 그로 인해 내가 살아있음을 느낀다. 어떻게 하면 남을 즐겁게 할 수 있는지 연구하는 행복한 일은 나를 더욱 건강하고 새롭게 해준다.

단순하지만 우아한 훌라댄스

현재 '미니멀 트렌드'가 떠오른다. '단순한 형태를 미학적으로 아름답다'라고 정의한다. 불필요한 것을 최소화한 라이프스타일을 통해 보이는 외면의 삶보다 보이지 않는 내면의 삶을 더 충실하게 살고 싶은 흐름이다. 단순하면서 간결하게 살고 싶은 삶을 일상으로 돌아가고 있는 것 같다. 단순함이란 무엇일까? 단순하게 산다는 것은 무엇을 이야기하는 걸까?

"행복의 비결은 더 많은 것을 찾는 것이 아니라 더 적은 것으로 즐길 수 있는 능력을 키우는 데에 있다." 소크라테스의 말이다.

단순하게 산다는 것은 복잡함을 최소화하고 본질에 집중한 단순한 형태를 말한다. 과하게 소유한 물건들에 신경을 쓰면서 행복할 겨를이 없어진다. 가지고 있는 것들이 무엇인지 모르고 헤아리지 못하고 살아갈 때가 얼마나 많은가! 자신에게 진정으로 중요한 것이 무엇인지 이해하고 그에 따라 우선순위를 잘 선택하면서 행동하는 것을 생각해본다. 마음의 여유를 가지고 살아가기 위해 단순함의 의미를 다시금 떠올린다.

"하하 하하."

저녁 퇴근 무렵 집에 도착하면 딸아이가 웃고 있는 웃음소리를 들었다. 세상에서 가장 행복한 소리이다. 무얼 하면서 웃는지는 알 수 없다. 하지만 그 소리가 우리 집을 가득 채운 그 시간만큼은 희망이 보였다. 복잡하고 무거운 지친 몸을 이끌고 집에 돌아와서 듣게 되는 환영의 소리는 어디론가 모든 걱정과 지친 마음을 훌훌 날려 보냈다. 5살 무렵 아이를 혼자 피아노학원에 보내고 학습지 교사로 활동할 때 일이다. 다른 아이들을 만날 때면 우리 아이들에게 잘 해주지 못한 미안한 마음이 들어 비교하면서 자책 아닌 부끄러운 생각이 들 때가 하루이틀이 아니었다. 깔끔하게 정돈된 방에 아이들이 오순도순 모여 있는 모습을 보면 엄마의 따뜻한 품이 그리울 것 같아 집에 두고 온 아이가 걱정될 때도 있었다. 어두 껌껌한 집에 현관문부터 차례차례 가방, 옷들이 늘어진 집을 방문할 때면 또 우리 아이들이 생각나 전집에서 준 떡을 나누며 먹던 생각이 난다. 조금 더 아이들을 꼼꼼히 챙겨주고 싶은 마음이 들었다. 엄마 된 마음으로 방문을 하다 보니 참 다양한 감정이 들었다. 마지막 수업을 마치고 집으로 향하는 발길은 걱정과 다급함이었다. 집에 있는 아이들이 잘 지내고 있나 하는 진짜 엄마의 마음으로 지친 발을 옮기면 집 문 앞에서 들리는 웃음소리는 어떤 위로보다 달콤했다. 아주 큰 위로가 아닌 아주 조그마한 우리 아이가 줄 수 있는 엄마를 향한 위로 같았다. '나 잘 지내고 있었어요.' 그것이 그때 내가 느끼는 가장 심플한 생활이었다.

화려하지 않아도 정돈된 몸짓으로 춤을 추는 것을 좋아하는 이유가 여기에 있을 것 같다. 아주 중요한 전달은 크고 화려함에 있기보단 아주 작은 소리에도 울림이 전달되면 감동을 줄 수 있다고 생각한다. 훌라댄스를 가르치다 보면 동작을 정교하게 다듬기보단 화려한 장식과 의상에 초점을 맞출 때가 있다. 이왕이면 예쁜 것이 좋다는 것은 동의한다. 하지만 의미 있는 장식이 아닌 화려하게 보이기 위한 과한 장식은 더욱 훌라댄스의 본질을 흐리게 만든다. 온통 의상으로 시선을 빼앗기기 때문이다. 사람마다 생각이 다를지도 모른다. 유독 큰 꽃을 좋아하는 사람도 있기 때문이다.

단순하고 우아한 훌라댄스에 대해 깊이 생각해본다. 그리고 몇 가지 정리한다.

단순함은 품격 있게 만들어준다.

홍콩워크숍 때 특별순서로 하와이 선생님으로부터 직접 배울 때가 있었다. 아무것도 장식하지 않은 평범한 의상을 입었지만 아름다운 춤을 추며 마음을 움직이는 모습을 직접 보았다. 아주 오래 숙달된 훌라댄스 선생님은 골반을 많이 움직이지 않았는데도 깊이 있게 풍기는 손짓의 아우라가 감동적이었다. 훌라댄스가 아주 단순한 몸짓이지만 언어로 표현되기 때문에 더욱 심플하게 표현해야 한다는 것을 느꼈다.

더할수록 촌스럽고 덜어낼수록 더욱 예쁘게 만들어 준다.

훌라댄스를 추다 보면 예전 익숙했던 춤 형태가 묻어난다. 순수한 훌라댄스의 기본을 충실히 해야 할 이유가 여기에 있다. 다른 춤을 덜어내야 한다. 몸이라는 게 한번 기억된 것은 자신이 의식하지 않게 자꾸 나오게 된다. 그럴수록 의식해서 자꾸 수정하려고 노력해야 한다. 훌라댄스의 매력은 단순함이다. 그것에 더한 어떤 춤사위가 포함되면 더 촌스러워 보인다. 불필요한 부분을 덜어내야 더 중요한 본질에 다가설 수 있다. 배울수록 더 어려워진다는 것이 이것이다. 몸이 기억하고 있는 습관을 버리고 더욱 기본에 충실하기 위해 노력을 해야 하기 때문이다. 그럼 더욱 정교해지고 예뻐지게 된다.

복잡한 것을 최소화하고 본질에 집중한 단순한 춤이 진짜다.

현란한 기교를 부리면서 춤을 추면 더 잘 추는 것으로 생각한다. 하지만 기본을 섬세하게 표현하고 다듬는 정제된 형태를 유지하는 것이 더 어렵다. 어려운 스텝을 아주 편안하고 쉽게 표현하는 경우를 본다. 복잡한 것을 아주 단순한 춤으로 보이게 하는 것이 고수이다. 군더더기 없는 표현으로 관중들의 마음을 움직이는 것이 어쩜 더 어려울 수 있다. 수없이 많은 시행착오가 그런 표현을 가능하게 해줄 수 있기 때문이다.

훌라댄스는 남녀노소 누구나 출수 있다. 단순함 덕분에 다양한 연령대가 예술 형식에 참여하고 감상할 수 있다. 하와이 문화에 깊이 뿌리내리고 있어 풍부한 역사와 상징성을 지니고 있다. 그 단순함은 전통 지식과 가치를 한 세대에서 다른 세대로 보존하고 전수할 수 있게 만들어준다. 훌라댄스는 기본동작이 단순해 보일 수 있지만 춤을 추는 사람의 표정, 손짓, 몸짓을 통해 다양한 이야기를 전달할 수 있다. 그 모습이 진정성 있고 완전하게 보이기 때문에 우아하다고 생각한다. 매혹적인 춤을 기억하게 된다. 훌라댄스 동작은 자연에서 비롯된다.

파도의 흐름, 야자수의 흔들림 또는 새가 날아가는 동작으로 자연 세계에서 영감을 얻는다. 자연의 움직임을 반영하는 이 단순함은 환경과의 조화와 통일감을 만들어준다. 그래서 단순한 것 같지만 웅장하고 대범하다. 결국, 훌라댄스의 매력은 단순함에 있다.

훌라댄스는 맨발로 춰야
제 맛이다

현대무용은 맨발로 추는 춤이다. 현대무용은 형식과 기교에 치중된 고전발레에 저항하면서 다른 결로 만들어진 춤이다. 고전발레는 토슈즈를 신고 중력을 거스르거나, 몸의 한계를 넘어서는 몸짓을 한다. 반면 춤을 추는 주체인 개인의 정서적 경험과 감정을 자유롭고 독창적으로 표현하려는 열망에서 현대무용은 태동하게 되었다. 현대무용을 한 번이라도 접해봤다면 맨발로 추는 춤이라는 점을 쉽게 떠올릴 수 있다. 실제로 무용수의 맨발은 현대무용의 큰 특징이다. 발레의 토슈즈를 벗고 자유를 추구하고 표현하려고 했던 새로운 무용 정신을 담고 있다. 현대무용 본질인 자유롭고 개성적인 표현을 위해 맨발로 춤을 춘다. 인도 고전무용, 밸리댄스, 창작춤등을 출 때 맨발로 춤을 추는 것을 종종 볼 수 있다.

쪽 찐 머리, 단아한 옷고름, 비단 옷감과 버선 등이 한국무용으로 인식되던 1970년대, 맨발에 저고리를 벗어 던진 자유분방한 춤사위로 큰 파문을 일으킨 춤꾼 김매자의 인터뷰 내용이다. 맨발로 춤을 춘 이유를 물어봤다.

"70년대까지 한국 춤이라면 의례 한복 입고 버선 신고 추는 거로 생각했다. 하지만 조선 시대 버선을 신을 수 있는 이들이 과연 몇 명이었을까. 귀족만을 위해 춤을 추는 것이 예술은 아니다. 많은 이들의 일상을 담아내는, 생활에서 기반을 둔 몸짓이어야 한다고 생각했다. 게다가 우리 민족에게 땅이란 어머니처럼 푸근한 존재 아닌가. 땅과 밀착하기 위해서, 온전히 한 몸이 되기 위해서도 맨발을 택했다."

훌라댄스도 대지의 기운을 발로 느껴야 한다는 의미로 맨발로 춤을 춘다. 하와이 문화와 역사에 깊이 뿌리를 내리고 있다. 맨발로 춤을 추면 발아래의 땅을 느끼고 하와이 환경의 자연적 요소와 더 강하게 연결될 수 있다고 한다.

때론 훌라댄스를 배울 때 슈즈를 신었다. 맨발로 추는 춤이라고 배윘지만 연습하는 장소에 따라 관리상태가 다르므로 될 수 있는 대로 안전을 생각해서 슈즈를 신었다. 그래서 어른들을 대상으로 가르칠 때 슈즈를 신도록 권유를 드린다. 현대에 와서 달라진 모습일 수 있겠다.

 하와이에서 오신 선생님이 한국에서 가르친다는 소식에 훌라댄스 워크숍을 신청했다. 훌라댄스의 근원지인 하와이에 직접 가서 배우고 싶었는데 한국에 와서 가르친다고 하니 아주 좋은 기회인 것 같았다. 아우아나 하나, 카히코 두 개를 신청했다. 90분 수업 세 타임에 쉬는 시간포함 총 5시간 춤을 추는 훌라의 날이 되었다. 다양한 곳에서 훌라댄스를 배우기 위해 왔다. 가르치는 하와이 선생님도 궁금했는데 뜻밖에 정말 많은 사람이 훌라댄스를 가르치며 관심을 갖는 것에 놀라왔다. 인스타그램에서 인친을 맺어 알고 지내는 사람들을 현장에서 직접 만나니 신기했다. 내가 배우고 싶은 것은 작품의 순서가 아니라 다양한 표현을 알고 싶었다. 동작의 섬세함을 익히고 색다르고 풍성한 표현을 하는 방법이 궁금했다. 정말 노래를 만드는 사람의 창의적인 해석을 몸으로 표현하는 것처럼 아름다운 것이 없다. 직접 경험해보는 시간, 그 시간이 어찌나 빨리 지나가는지 모르겠다. 가슴으로 기억하고 있는 시간이 되었다. 긴 시간 마음이 즐거우니 몸이 가볍다는 생각을 했다. 곰곰이 생각해보니 맨발로 춤을 추어서 오랜 시간 추어도 피곤함이 줄지 않았나 싶다. 발에 조이는 공간 없이 발바닥 전체로 바닥을 딛고 중심을 잡으니 몸의 균형 잡기가 편했다. 좌우 골반을 움직이는 것이 자유로워서 맨발의 제맛을 느끼는 순간이었다. 오랜 시간 집중력을 발휘할 수 있었던 것은 맨발이 주는 편안함과 자유로움이 아닐까 생각이 들었다.

"맨발로 등장하십니다."

훌리공연에서 기다리고 입장하려면 사회자가 꼭 멘트를 했다. 심지어 인터뷰하는 동안 자신도 신발을 벗어야겠다며 신발을 벗고 함께 이야기를 나눈 적이 있다. 공연에서 훌라댄스를 출 때 대부분 맨발로 춤을 춘다. 따뜻한 나라에서 맨발로 춤을 출 때는 생각지도 못했던 안쓰러움이 생기나 보다. 쌀쌀한 날 특히 한겨울의 맨발은 시선을 집중시킨다. 야외공연이 아니어도 조금 특이하게 바라보는 경향이 있다. 사실 맨발이라는 것은 무언가 갖추어지지 않은 느낌이 있다. 화려한 옷을 차려입고 구두를 신지 않은 미완성된 모습처럼 말이다. 뭔가 특별한 경우가 아니면 맨발로 다닐 경우가 드물다. 미완성된 모습이었다. 하지만 한 꺼풀 벗겨낸 진정한 내가 원초적인 바닥을 딛고 일어서는 것이 자연스러웠다. 본래 내 모습인 양 거리낌 없이 맨발로 선다. 신을 벗고 맨발로 내가 춤을 추는 것의 의미를 생각해보았다.

내 인생에서 커다란 전환점은 훌라댄스를 만나면서부터이다. 과거에 내가 살아온 이력들을 모두 내려놓고 새롭게 내 인생을 만들어 가고 있다. 마치 모세가 떨기나무 아래에서 "네 발에서 신을 벗으라."라는 음성을 들은 것과 같다는 생각을 해본다. 호렙산에서 소명을 받고 양을 치는 미디안의 목동이 아니라 이스라엘 민족을 인도하는 목자가 되었다. 과거의 열등감을 벗어나 과거의 화려했던 자신의 이력을 모두 버리고 새롭게 부르심에 순종한 증표가 신을 벗는 행위에서 만들어졌다.

춤을 추는 행위에서 맨발의 의미는 단순히 신체적인 행동뿐만 아니라 어쩜 마음의 자세까지 포함되지 않나 생각이 든다. 매일 겸손해야 한다는 경고의 메시지처럼 다가온다. 많이 가지려 욕심부리고 미워하고 시기했던 것들에 자연스럽게 눈 녹듯 버려버리고 내려놓아야 한다. 그것이 맨발로 춤을 추는 의미가 있지 않을까 그래서 훨훨 나비처럼 자유롭게 춤을 출 수 있다는 것을 말이다. 오로지 무엇인가에 몰입하고 자유롭다는 것은 군더더기 없는 순수함에 있다. 이것도 하고 저것도 하고 감당할 수 없는 일들을 가득 안고 힘들어하는 것이 아니라 맨발처럼 모든 것을 내려놓고 시작하는 편이 훨씬 빠른 길이 될 것 같다.

훌라댄스의 매력 중 가장 손꼽히는 것은 맨발이다. 아무것도 없을 때 가장 소중한 것을 만날 수 있다. 가려진 틈이 어쩜 더 뚫기 어려운 막이 될 수 있다. 그 미세한 차이지만 느끼는 것이 달라진다. 땅의 온전한 기운을 받아 마음에 온기를 더하고 자연을 노래하며 춤을 추는 그 시간만큼은 더욱 행복할 것이다. 신을 벗고 맨발로 걸어가 보자. 건강을 위해 걷는 사람들도 요즘 많다고 한다. 발 마사지를 받는 것 같은 지압 효과가 있다고 한다. 또 발바닥이 자극되어 혈액 순환에도 도움이 된다고 한다. 맨발이 주는 건강과 좋은 기운을 느끼며 훌라 춤을 추는 것이 제 맛이다. 자신에게 걸려있는 자유롭지 못한 군더더기들을 벗어던지고 자연으로 돌아가는 순수한 그 행위가 맨발이다. 발을 통해 전해지는 에너지가 마음과 머리를 통해 전달되고 그것이 순환되어 하나의 아주 거대한 메시지를 전해주는 느낌이다. 마음속을 정화하고 생각을 정돈하고 나면 더욱 단순해지고 본질에 가깝게 갈 수 있는 통로가 만들어진다. 그 시작은 언제나 신을 벗는 것처럼 내려놓음에 있다.

춰도 춰도 또 추고 싶은 춤

사랑에 빠진 연인은 만나고 만나도 싫증나지 않는다. 더욱 만날수록 달콤한 사랑의 크기는 커간다. 궁금한 것이 많아진다. 사랑하는 사람을 기쁘게 하려고 생각한다. 새로운 것을 알아갈 때면 감탄한다. 작은 쪽지 하나라도 소중하게 간직하고 보고 또 보면서 연인끼리 사랑의 향기를 맡는다. 보고 또 봐도 신비롭다. 어떻게 나에게 왔을까? 운명 같은 만남에 감사한다. 누군가의 시선을 의식하기보다 둘만의 세상은 모든 것을 다 가진 듯 깊다. 서투른 사랑이지만 애틋함은 작은 선을 연결하듯 가깝다. 누가 뭐래도 사랑을 지키기 위해 연인의 관심은 집중하고 있다. 저절로 떠오르는 그리움은 다시 찾게 된다.

파우스커트, 매트, 삼각대, 음향 도구를 가지고 한강공원으로 갔다. 훌라댄스를 추기 위해서다. 햇살이 좋은 날, 훌라댄스를 추기에 너무 좋은 날씨, 실내보다는 밖으로 장소를 선택했다. 양손의 보따리가 큼 직한데 발걸음이 가벼워졌다. 훌라댄스를 추겠다는 생각으로 가득 찬 기분 좋은 마음에 출발할 때부터 설레는 마음과 발걸음이 박자를 맞 춘다. 평소 산책하며 눈에 들어왔던 장소에 도착했다. 가끔 지나가는 사람이 있었다. 하지만 춤을 추겠다는 생각이 앞서니까 아무런 방해 가 되지 않았다. 한강의 청량한 물의 배경과 나무의 어우러진 푸르름 에 시선을 들 때마다 행복했다. 반복하고 반복해도 마치 처음 춰보는 것처럼 새롭다. 훌라댄스와 나의 만남은 자연을 통한 황홀함에 감사 하듯 춤의 세계에 빠져든다.

아침에 일찍 일어나는 습관 때문에 여행을 가게 되면 좀 더 자유시 간이 길다. 베트남 여행을 갈 때도 마찬가지이다. 그럴 때는 당연히 훌 라댄스를 추기 위해 나갔다. 호텔 바로 앞에 해변이 있었다. 야자수가 있는 해변은 춤추기에 너무 좋은 배경이었다. 미리 준비해 가지고 온 의상을 갈아입고 오토바이가 지나가는 신호등 없는 길을 건넜다. 해 변의 모래는 너무도 고왔다. 발 사이로 부드럽게 닿는 감촉이 기분이 좋았다. 푹푹 빠져들어 가는 모래 위에서 무게를 잡는 것은 힘이 들어

갔다. 중심을 잡고 골반을 흔드는 그것에 집중했다. 손을 들어 하늘에 시선이 닿을 때면 온 우주가 내 것인 양 자유로웠다. 홀로 춤의 세계에 빠져 잔잔한 파도의 소리와 더불어 아름다운 하와이 음악이 흘러나오는 그 시간, 보이지는 않지만 내 얼굴은 환하게 웃음을 짓고 있을 것이다. 바다가 주는 넓은 세상과 야자수 잎이 하늘을 가리는 그곳에 하와이 훌라댄스를 추고 있는 고요한 시간이 나에겐 천국이었다.

춤을 추는 시간은 계속 늘어갔다. 부산 바다에서 제주 바다에서 틈만 나면 자연과 일치되는 감동을 주는 훌라댄스를 추었다. 심지어는 중국 노산 정상에서도 훌라댄스를 추었다. 중국산은 어떻게 생겼는지 궁금했다. 등산동우회에 가입되어있는 나는 선택의 여지가 없다. 궁금하면 가면 된다. 그리고 정상에 올라 훌라댄스 추는 것을 나의 미션으로 정했다. 훌라댄스는 나에게 없던 힘도 만들어 주는 에너지를 가지고 있는 듯했다. 영문도 모르는 일행은 정상에서 춤을 추는 내가 무척 신기했을 것 같다. 사람들이 너무도 많은 상황에서 하와이 음악을 틀어놓고 춤을 추고 있었다. 함께 했던 일행은 그 모습을 라이브로 생중계를 했다. 아랑곳하지 않고 미션을 완수한 기분에 높은 바위 위에서 쳐다보는 광경은 모든 것을 다 가진 느낌이 들었다.

틈만 나면 춤을 어떻게 출까? 조금 더 색다른 경험을 생각해보려 노력했다. 생화로 레이를 만들었다. 이른 아침 꽃시장에 가서 만들고 싶은 꽃을 골랐다. 자연을 담고 있는 훌라댄스의 장식은 꽃으로 한다. 머리핀을 만들거나 머리에 화관을, 목에 꽃목걸이를 장식한다. 매번 보관하기 어려워 조화로 장식을 하다가 생화로 만드는 날은 제대로 훌라댄스를 추는 날이 된다. 다 완성한 꽃을 들고 공원으로 갔다. 꽃으로 만든 화관을 쓰고 훌라댄스를 추기 위해서이다. 울창한 나무아래 소복한 수국으로 장식한 연보라는 너무 잘 어울렸다.

겨우내 아무 꽃이 피지 않은 추운 겨울에는 꽃 화관을 만들어 장식하고 훌라댄스 파티하면 너무 좋다. 각각 만들어 놓은 화관과 어울리는 훌라댄스를 추면서 서로에게 긍정적인 감동을 나눈다. 서로의 다름을 인정하고 배우며 다양한 하와이 문화를 배워가는 시간이기도 했다.

크리스마스, 연말에는 행사들이 참 많다. 공연을 위해 다양한 행사에서 춤을 춘다. 혼자 하거나 여럿이 출 때도 있다. 훌라댄스를 혼자 할 때는 무대를 꽉 차게 써야 한다. 동작을 더 크게 하려고 노력을 한다. 반면 군무는 호흡이 필요하다. 하나의 물결처럼 함께 자연스럽게 어우러져야 일체감에 춤을 추는 사람마저 황홀해진다. 연습이 답이다. 무대에서의 공포심을 없애려면 연습하는 것밖에 방법은 없다. 추고 추고 백번을 넘게 연습하면 내가 추고 있는 춤에서 힘을 빼게 된다. 마음으로 꽉 찬 자신감으로 무장하면 떨리는 순간을 이길 수 있다. 자신도 모르게 춤을 추게 된다. 몸이 기억하는 데로 움직이면서 빠져들어 가면 된다. 춤을 추는 자신이 완전히 빠져들어 춤을 추면 추는 모습을 보는 관객도 함께 호흡하게 된다. 그것을 피부로 느끼면 전율이 느껴지면서 몰입이 저절로 된다.

훌라댄스는 다양한 것과 조화를 이룬다. 남녀노소가 좋아하는 장르이기 때문에 다양한 장소에서 어울린다. 다양한 곳에 초대되어 훌라댄스를 춘다. 훌라댄스를 이제 막 배우는 회원이 네게 질문을 한다. "선생님, 저희도 공연해요." "그럼요. 우선 기본을 배우고 몸에 익숙해지면 얼마든지 공연할 수 있어요."라고 답을 해주었다. 계속 머리에 남는다. 아주 완벽히 잘하려면 얼마나 걸릴까? 얼마나 잘해야 공연을 할 수 있을까? 춤을 추는 것이 좋아서 행복하면 좋겠는데 하지만 배우는 것과 가르치는 것이 다른 차원이라면 그냥 배우는 것과 다른 사람에게 보이기 위한 춤을 추는 것과는 완전 다르다. 그래서 그것 또한 연습이 필요하다. 점점 실력이 늘어가는 것을 스스로가 느낄 것이다.

많이 출수록 실력은 늘어날 것이다. 사랑에 빠진 연인이 만나듯 춰도 춰도 더 좋아지는 춤 그것이 훌라댄스이다. 때와 장소를 가리지 않고 춤을 추게 된다. 온통 머릿속에 훌라댄스가 꽉 차 있다. 나에게 훌라댄스는 일상이 되었다. 혼자 좋아하는 것을 떠나 다른 사람을 가르치는 일을 하고 있으므로 책임감을 느낀다. 정확한 동작을 가르쳐야 할 사명이 생긴 것이다. 자격증 과정의 많은 작품을 배웠지만 그것 가지고는 부족하다는 것을 많이 느낀다. 쉽게 배우는 종목이 아니다. 한 시라도 생각을 멈추지 않고 몸으로 배우고 익히는 시간이 나에겐 너무도 필요하다. 그래서 쉴 틈 없이 춤을 추어야 한다. 다양한 경험의 기회를 만들어서 너무 익숙하게 생각하는 고정관념을 깨우고 새로움으로 감각을 깨우는 것이 필요하다. 좋아하는 사람이 너무 익숙하면 귀한 것을 모르게 되고 자연스럽게 내 것인 것처럼 생각하게 된다. 작은 것에 감동하고 내 몸의 세포 하나하나가 새로움에 몸서리를 치는 느낌을 잃지 않기 위해 춤을 추어야 한다. 하시만 억지로 되지는 않는다. 정말 좋아하면 관심이 절대 없어지지 않는다. 나 자신에게 충실하고 내가 가지고 있는 것을 자랑스럽게 생각하면서 점점 실력이 늘어나는 나에게 칭찬하면서 내 갈 길을 가면 된다. 감사하게도 춤을 추는 것은 충분히 나를 행복하게 만들어준다. 그래서 추고 춰도 좋다.

손끝으로 전하는
메시지를 아시나요?

수화로 서로 대화하는 것을 우연히 보았다. 전철 안에서 아무 소리 나지 않는데 바쁘게 손을 움직였다. 번갈아 가며 주고받는 것을 보는데 신기했다. 말 대신 손으로 대화할 수 있다는 것이 신기했다. 그들이 사용하는 것을 '수어'라고 한다. 청각장애인들은 소리로 말을 배울 수 없어서 '보이는 언어'를 사용한다. 음성 대신 손의 움직임을 포함한 신체적 신호를 이용하여 의사를 전달하는 시각 언어를 '수화'라고도 하는데 수어는 수화라는 방법으로 구사한다고 한다. 그리고 수어를 하면서 손짓, 몸짓뿐만 아니라 입 모양과 표정까지 본다고 한다. 그와 비숫하게 하와이에서 오래전 훌라댄스가 언어의 수단이었다고 한다. 예전부터 내려온 이야기를 훌라댄스를 하면서 여러 세대에 걸쳐 계승됐다고 한다. 특히 카히코 훌라는 노래, 몸짓을 통해 하와이 제도의 전설, 족보, 문화적 전통을 묘사하기도 했다고 전해진다.

"알로하."

처음 만나서 인사하거나 헤어져 작별을 할 때 인사말로 사용한다. 샤카(Shaka)라고 한다. 마치 손 모양은 전화기를 받는 것과 같다. 엄지손가락과 새끼손가락만 펴고 나머지 손가락은 안쪽으로 모두 접은 상태이다. 그리고 손가락 관절이 바깥쪽으로 보이게 해서 흔들기도 한다. 샤카 동작으로 알로하 정신을 표현하고 우정, 사랑, 감사, 격려, 이해의 의미로 따뜻함, 친근감, 연결감을 전달한다. 하와이 안에 거주하는 각양각색의 민족, 문화 간에 결속의 개념을 갖고 있다고 한다.

샤카의 시작된 유래는 다양하다. 하와이 사탕수수 제분소에서 일하던 노동자가 사고로 가운데 세 손가락을 잃었다. 그 노동자의 손 인사를 사람들이 따라 하기 시작해서 전 세계적으로 확산하였다는 이야기가 있다. 여기서 알로하 정신이 더 두드러지는 느낌이 든다. 기본적으로 환영 인사로 사용하거나 고마움 또는 존중의 의미를 담은 긍정적인 의미로 사용된다.

"아주 좋아."

"걱정하지 마."

"괜찮아."

"잘하고 있어."

"마음 편히 가지고 있어."

홀라댄스는 그림을 그리듯 노래의 가사를 아름다운 자연을 손으로 표현한다. 손을 흔드는 모양이 마치 잔잔한 물결 모양의 파도 같다. 단순히 손을 모아서 꽃 모양을 만드는 그것뿐만 아니라 모았던 손을 펼치면 꽃이 피어나는 표현을 만든다. 어찌나 사랑스러운 표현인지 홀딱 반하게 된다. 양손을 포개서 엄지손가락을 펴면 물고기 지느러미가 만들어지는 모양처럼 헤엄치는 모습을 만든다. 손으로 계곡을 만들고 그 위에 비가 내리는 모습을 만들기도 하고 오른손으로 머리 위를 한 바퀴 돌리면서 바람을 만들기도 한다.

홀라댄스를 출 때 야자수 손 모양을 만들면서 해변에 가지런히 우뚝 서 있는 나무가 생각난다. 새의 날갯짓을 표현할 때 넓은 하늘을 유유히 날아가는 새들의 정겨움이 느껴진다. 꽃냄새를 맡는 동작을 할 때면 한바탕 피어있는 꽃들을 바라보며 향긋한 꽃내음을 맡는 듯 상상을 한다. 나도 모르는 자연의 몰입감을 느끼며 숨을 쉬는 듯 춤을 추고 나면 부드러운 미소는 내 마음에서 우러나오는 표현이 된다.

우아하고 아름다운 기교가 첨가되지 않은 깨끗하고 정갈한 표현이어야 담백하게 메시지가 전달된다. 훌라댄스의 손 모양은 손가락과 손가락 사이가 벌어지지 않고 꼭 부쳐서 손목스냅을 이용해서 흔든다. 마치 큰 붓 하나가 획을 긋듯 시원하게 정확하게 일정한 간격을 유지하며 균형감 있게 그리는 듯하다. '사랑하는 사람을 기다리며 나에게로 오세요.' 하는 애절한 몸짓은 손과 함께 온몸에 전율이 일어난다. 밤낮없이 애타게 기다리는 임이 언제 오실지 알시 못하지만 먼바다를 향해 그리운 마음을 담아 바라보는 한 여인의 애타는 심정이 느껴지기도 한다. 한쪽 가슴에 손을 모아 위아래로 번갈아 가며 꾹꾹 눌러주며 사랑의 표현을 하는 것은 두근두근 심장이 펌프질하듯 뜨거운 사랑을 잘 표현한다. 연인을 사랑하고 가족을 사랑하는 마음을 담아 춤을 출 때 내 마음도 뜨거워지는 것을 느낀다. 수없이 많은 손동작을 표현하다 보면 마음이 말랑말랑해진다.

예전 특별한 무대에서 공연한 경험이 있다. "열정 나이트"라는 타이틀로 MKYU대학생들이 축제를 하는데 게스트로 선발되었다. 트롯음악에 맞추어 훌라댄스를 추는 독특한 시간이었다. 보통 무대에서 자신이 준비한 곡을 노래에 맞추어 아름답게 추면 모든 순서가 끝난다.하지만 이번엔 관객들이 스탠딩한 상태에서 바로 무대에 가까이서 있었다. 그리고 "그 한마디 남기고 떠난 사람" 하면서 손가락을 내밀면서 앞에 사람의 손가락과 꼭 찍어 마주하는 것처럼 관객과 호흡을 맞추었다. 어찌나 생동감 있게 반응을 하는지 무대에서 방방 뛰듯이 춤을 추고 내려온 것 같았다. 흥분의 도가니였다. 200% 표현으로 큰동작을 만들면서 마무리를 하고 나니 숨이 턱까지 차고 넘쳤다. 섬세한 가사의 전달부분도 신경을 썼지만 손끝으로 전해지는 메시지가 어찌나 생동감이 넘치는지 기대 이상이었다. 예쁘게 우아하게 추는 춤도 좋지만, 관객과 호흡하며 춤을 추는 매력이 너무 좋았다.

다양한 표현들이 살아있는 훌라댄스 춤의 세계는 매우 다양하다. 끝없이 아름답고 풍성한 표현들이 손끝에서 살아있다. 많은 사람이 만들어낸 표현들을 배우기도 부족하다. 손끝으로 전해지는 메시지는 언제나 아름답고 사랑스럽다. 그것을 손으로 표현할 때마다 숨을 쉴 수 있는 넓은 공간을 만들어 준다. 마음에서 포근한 솜털 같은 몽글몽글한 감정들이 살아 움직이듯 올라온다. 상상하며 춤을 추는 황홀함은 손끝에서 전해진다.

훌라댄스로
내 마음을 표현한다

"좋아하는 것." "잘하는 것." 그것으로 평생 살아갈 수 있다면 얼마나 좋을까? 그래서 자신이 원하는 것이 무엇인지 알아야 한다고 어린 적부터 찾아야 한다고 말한다. 그런데 그것이 얼마나 어려운지 모른다. 콕 집어서 내가 좋아하는 것이 무엇인지 솔직한 질문을 나에게 해야 한다. 그런데 솔직할 수가 없다. 현실에서 원하는 것이 있기 때문이다. 평생 먹고 살려면 정기적인 수입이 있어야 하는데 그것을 포기하면서 좋아하는 것을 할 수 있을까? 의문이 생기기 때문이다. 덮어놓고 큰일이 있지 않으면 자연인처럼 산속에 들어가 살 수 있는 것이 아니다. 하지만 정해진 시간표 안에 내가 숨을 쉴 수 있는 공간은 필요하다고 생각한다. 그것이 아주 보잘것없고 작은 것이라고 해도 나를 지탱하는 힘을 줄 수 있다면 행운이다.

매일 2시간 글을 쓴다. 나를 찾아가는 여행처럼 어떨 땐 바닥까지 간 나를 일으켜 세워주듯 글을 쓰면서 너무나 힘들었겠다는 생각을 해본다. 그것이 무엇을 의미하는지 내가 감수해야 할 수 있는 일이었다는 생각을 하니 "왜 나만" "왜 나에게"라는 감정이 들었던 그 순간이 실마리가 풀리게 해주었다. 돌아보면서 글로 쓰인 내 생각은 단단해 보였다. 실수투성인 내가 언제나 인정받고 싶은 욕구가 많아 더 잘하려고 자신에게 여유를 주지 않았던 시절이 있었다. 주말도 휴일도 온전한 나로서가 아닌 엄마와 아내로 살아가야 했던 그 시절에 더욱 치열해야 살 수 있었다. 넉넉한 살림이 아니어서 2년 돌아오는 집 계약 기간이 어찌나 빨리 돌아오는지 또 얼마나 올려달라고 이야기할까? 아님. 또 어디로 이사해야 하나? 수없이 많은 아파트며 집들은 많은데 내가 살 수 있는 집은 언제나 한계가 있었다. 살아갈 수 있는 돈은 한계가 있고 내가 나를 지켜볼 성장시킬 여유는 없었다. 그것이 내가 살아갈 젊은 시절이었다.

오래전 사진 속 내 모습을 볼 때가 있었다. 아이가 어릴 때 놀이터에서 찍은 사진이다. 떡꽂이 하나 들고 좋아하며 웃고 있는 아이 옆에 나는 의자에 앉아있는 모습이었다. 무언가 할 수 있는 나이에 아이들을 따라 놀이터에 앉아있는 내가 참 아깝다는 생각이 들었다. 참 많이 지쳐있었던 때였다. 낯선 집안일에 육아까지 앞이 깜깜하고 답답해 있었던 것 같았다. 미래를 생각하면서 살아갈 힘도 없이 하루가 오니까 살아간 것 같다. 좋아했던 일이 있었다. 하지만 할 수 없었다. 사람은 조금 아니 많이 간사한 것 같다. 그땐 그 생활이 얼마나 행복했는지 모른다. 아이들이 무럭무럭 자라나 성인이 되어서야 어릴 때 더 포근히 안아줄걸. 더 따듯한 시선으로 바라봐 줄걸. 정성 들여 음식을 만들어 먹여줄걸. 지금은 해주지 못하는 과거가 되어버린 그 시절을 안타까워한다. 돌아갈 수 없고 이미 커버린 아이들에게 못다 해준 생각과 미안한 마음이 앞을 가린다. 모든 걸 포기하고 주저앉아 있는 상황에만 머물러있었지 감사한 마음이 없었다. 건강한 남편과 아이들이 있다는 것만으로 감사해야 한다는 것을 말이다.

되돌릴 수 없는 과거에 묶여서 살고 싶진 않다. 다만 아쉬움은 생긴다. 모르고 지나간 일들, 철없어서 서툴렀던 일들 때문에 누군가 마음의 상처가 생기진 않았나 하는 후회감이 생긴다. 내가 잘 살아왔었나 잘 살고 있는 것인가 그렇지만 사람은 과거로 돌아갈 수 없기에 미래를 위해 현재를 잘 살아가야 한다는 생각을 해본다. 다행히 내가 좋아하고 잘할 수 있는 것으로 현재를 살아가고 있기 때문이다.

매일 훌라댄스를 한다. 내 삶이 훌라댄스가 되었다. 그토록 추고 싶었던 춤을 추기 시작했다. 아직 넘어야 할 산이 많다. 아직도 매일 나와 싸우고 있다.

"네가 춤을 춘다고?"

"예술가들은 무용을 전공하고 전문적인 무용수들이지"

"네가 추고 있는 것이 그렇게 중요해?"

"과연 많은 사람이 좋아할까?"

나에 대한 정체성의 혼란에 하루하루 정의를 내려야 했다. 예술이라는 경계선에서 이것이 과연 인정을 받을 수 있는지 없는지에 혼란을 겪고 있는 것 같다. 아직 첫 단계다. 이제 본격적인 인생의 무대에 나를 밀어 넣은 것은 일 년이란 시간이 흘렀다. 매번 머릿속으로 되뇌던 내가 좋아하는 것으로 내가 잘하는 것으로 방향을 선택하고 난 그 길을 걷고 있다. 그 출발점을 정하는 것은 이제 내 몫이 되었다. 평생 남들이 정해준 시간표에 내가 등수를 매기고 살았다. 어느 나이가 되면 이것을 해야 한다는 고정관념이 생겨서 그 나이에 그것을 하지 않으면 조바심을 내고 부러워해야 했다. 하지만 지금은 조금 달라졌다. 세상에 마지막으로 마치는 시간은 아무도 모른다는 걸 알았다. 무한하지 않고 정해진 인생에서 과연 어떻게 살아야하느냐의 질문에 답을 해가고 있다. 분명히 '나' 라는 존재가 얼마나 존귀하고 위대한지를 알

앉기 때문에 내가 살아갈 날들이 소중하다는 사실을 알았다.

훌라댄스는 그것을 증명하고 있다. 내가 춤을 추고 있는 순간에 나는 안다.

"네가 행복해서 다행이야!", "네가 좋아해서 다행이야!" 거울에 비친 나를 자주 만나면서 특히 웃음을 감추지 못한 채 신나서 웃고 있는 모습을 볼 때면 "너 진짜구나.", "행복하구나!"라고 나와 말을 한다. 그리고 거울 넘어 함께 춤을 추고 있는 사람들의 미소가 보인다.

"내가 지금 무얼 하고 있지?" 나도 웃고 너도 웃고 모두가 웃고 있는 순간에 내가 존재하고 있는 공간에 있는 것만으로 이루 말할 수 없는 감동이 밀려온다. 나를 선생님이라 불러주고 있는 사람들에게 줄 수 있는 것이 무엇인가? 생각했다. 아주 프로페셔널하게 유능한 실력을 갖추는 것 누구 못지않게 완벽한 카리스마로 실수할 틈을 주지 않고 완벽한 춤을 출 수 있도록 지도하는 것 모든 가르치는 사람의 덕목에 대해 생각해본다. 한없이 작아지는 느낌이 드는 것은 없는 것을 가지고 있는 것처럼 만들려고 하는 의지가 있어서 그런 것 같다. 곰곰이 생각해도 줄 수 있는 것은 훌라댄스하고 있는 나의 행복한 모습밖에는 없다. 그것을 하게 되면 기분이 좋아지고 표현 하나하나에 정성을 들여 의미 있는 담백한 동작을 만들기 위해 애쓰는 그것밖에 없다. 나는 할 수 없다. 오래된 고수처럼 춤을 출 수 있는 단계가 아니다. 그렇게 많이 알고 있는 상태도 아니다. 하나하나 알아가고 깨달은 것을 전달하고 있기 때문이다. 그런 모습을 보여주기 부끄럽다면 가르치는 일을 하지 못할 것 같다. 그럴 때마다 숨고 싶은 마음이 들기 때문이다. 하지만 내가 줄 수 있는 것은 훌라댄스를 하는 즐거운 마음이라는 생각으로 정리를 하다 보니 마음이 한결 편안해졌다. 훌라댄스를 하면서 그 곡에 빠져들고 기본을 지키면서 마음을 표현하는 것이 내가 가장 잘 할 수 있는 일이다. 내가 가장 좋아하는 것이 감옥이 되면 하루하루가 슬플 것이다. 내가 할 수 있는 최선으로 춤을 대하면 된다. 나를 지켜보는 눈은 언제나 좋을 수만은 없다. 그렇다고 나쁠 수만도 없다. 그 판단은 언제나 내가 결정할 수 있다.

훌라댄스로 내 마음을 표현하는 자유가 있다. 마음 색이 어떨 땐 파랗고 노랗고 빨갛고 초록이다. 무수히 많은 색으로 변신을 하게 한다. 그것은 음악의 힘이기도 하고 의상의 힘이기도 하다. 내가 춤을 추고 있는 그 시간은 최고의 훌라 댄서가 되어 허공을 가르며 공간을 채운다. 여백에 내 손동작으로 그림을 그리듯 부드럽게 놓이고 둥글린다. 부드럽게 흔들리는 골반의 움직임은 유유히 헤엄치는 인어공주가 되어 먼바다를 헤엄치는 느낌이 든다. 묵직하게 버티고 있는 허벅다리와 계속 움직이고 있는 발동작의 힘찬 발걸음은 땅의 기운을 담아 머리끝까지 전달해 준다. 내가 서 있는 곳에 중력의 힘이 작용해 버티고 서서 모든 자기장을 이용해 좋은 것들을 빨아들이고 있다. 내가 서서 춤을 추고 있는 공간은 언제나 그런 느낌이 들었다. 누군가에게 보여주기 위한 춤이라면 바로 거울 앞에 서서 바라보고 있는 나에게 언제나 당당하고 아름답고 멋져지고 싶다. 그렇게 살아가고 싶다.

훌라댄스가 만들어준
연대로 행복하다

1년이 되었다. 훌라댄스로 살아가야겠다고 결심한 지가 벌써 그렇게 지나갔다. 퇴사를 마음먹고 내 남은 노후를 어떻게 보내야 할까 생각했다. 내가 좋아하고 잘하는 것으로 새로운 시작을 해야겠다고 생각했다. 생각보다 조금 일찍 찾아온 자유가 약간 부담스럽기는 했다. 하지만 한 살이라도 더 젊었을 때 시작하는 것이 나쁘지는 않다고 생각했다. 한 번도 가보지 않았던 길을 내가 잘할 수 있을까 걱정이 되었다. 두려움이 컸다. 직장을 다닌다는 것은 다되어진 밥상에 숟가락 얹고 최선을 다해 열심히 하면 매달 꼬박꼬박 월급이라는 보상을 해준다. 하지만 1인기업, 프리랜서가 된다는 것은 내가 나를 벌어먹어야 하므로 계속 정체되어 있으면 아무 일도 일어나지 않는다. 내가 할 수 있는 일을 찾아서 계속 연구해야 하고 두드려야 한다. 그것이 살아나가는 방법이다. 아직 나의 브랜드를 세상에 알릴만큼 충분한 내공이 쌓이지 않은 상태에서 바닥에서 올라와야 하는 상태이다. 현장경험이 중요하다고 생각했다. 우선 홀라댄스 강사가 되기 위해 도전했다.

예전 이력서로 대결하기보다 새롭게 이력서를 만들어서 기자 하는 마음으로 동네 교육기관을 물색했다. 그리고 내가 사는 평생교육원에 강사등록을 했다. 등록하는 과정에서 알게 된 '누구나 배움학교'라는 공고를 보게 되었다. 이것이 나의 첫 도전기였다. 재능을 가진 강사를 지원하는 프로그램이었고 내가 할 수 있고 해보고 싶은 과제였다. 자세히 내용을 검토하면서 자격조건에 멈칫했다. 동네 주민 7명이 필요했다. 그렇지만 이대로 포기할 수는 없었다. 무슨 일이 있어도 이것을 내가 꼭 해야 할 것 같은 생각이 들었다. 불특정 다수에게 무작정 홍보할 수는 없었다. 다른 지역이 아닌 같은 구민이어야 한다니 더욱 막막했다. 그래서 중고물건을 판매하는 당근마켓에 취미 생활 부분에 홀라댄스 동아리 모집 공고를 올렸다. 혹시나 하는 마음으로 지푸라기라도 잡아야겠다는 심정으로 올렸다. 그런데 댓글이 달리기 시작했다. 관심이 있다고 신청하신 5명을 만났다. 그리고 상황설명을 하고 나니 지인들을 소개해주어서 신청했고 다행히 선정되었다. 꿈만 같은 상황이었다. 간절히 원했던 일이 이루어지니 열정을 다해 준비하고 지도했다. 10회 프로그램이 진행되는 동안 소개에 소개를 해주어서 17명이 등록하면서 훌라댄스의 한 획을 그을 수 있었다. 내게 가장 흥분되는 기적 같은 일임에는 분명했다.

한 번의 뿌듯한 작은 성공이 나에게 또 다른 연결을 만들어 주었다. 3개월 기간 동안 훌라댄스를 배웠던 사람들의 요구였다. 이대로 멈출 수는 없고 계속 배우게 해 달라고 했다. 또 생각했다. 어떻게 하면 훌라댄스를 계속할 수 있게 만들 수 있을까? 계속 연습할 수 있는 장소가 없었다. 회원이 사는 동네에 문화센터가 있는데 신청을 해보라고 권유를 했다.

사실 여러 번 다른 문화센터에 이력서를 내고 벌써 도전을 했지만, 실패했던 터라 그 이야기가 실감이 나질 않았다. 하지만 더 한번 한다고 해서 손해 볼 수 없다는 생각을 했다. 그만큼 훌라댄스를 계속 지도하고 싶은 마음이 컸고 자신감이 조금 생긴 상태였다. 그리고 전화를 걸었다. 담당자에게 이런저런 사정 이야기를 했다. 그렇지만 기간이 지났고 나중에 한 번 시도해보라는 답변을 들었다. 그런데 실망스럽기는커녕 내가 나를 증명하며 자신감을 보였던 그 통화가 더 기분이 좋았다. 시간이 필요했다. 무슨 일이든 그렇게 쉽게 이루어질 수 없다는 것을 다시 느끼는 순간이었다. 하지만 두드리면 반드시 열린다는 것을 느끼는 순간이기도 했다. 지금은 그곳에서 수업하고 있으니 말이다. 서류합격이 되고 면접을 보는데 어찌나 떨리는지 "초심을 잃지 말아야지! 최선을 다해서 가르쳐야지." 하며 다짐을 하는 날이었다.

시간 날 때 책을 읽기 위해 도서관에 갔다. 시설 좋고 한적한 곳을 잘 이용을 하지 못했는데 여유가 생기니 이런 것도 다 해본다는 생각이 들었다. 어느 날 현관문에 재능기부 강사모집의 공고를 보았다. '이런 기회를 놓칠 수는 없지.' 하며 일부러 접수대에 가서 직접 물어보고 담당자를 만났다. 신청서 한 장을 주셔서 적어 제출했다. 몇 개월이 지나 전화 한 통이 왔다. 수업을 부탁했다. 뿌려놓은 씨앗이 싹이 트는 것 같은 느낌이 들었다. 집에서 5분 거리, 너무도 가까운 곳에서 수업할 수 있다니 기뻤다. 또 한겨울 3개월의 행복한 훌라댄스 여정이 시작되었다. 파우 치마를 입고 가는 발걸음은 언제나 신이 났다. 밖에는 눈이 소복이 쌓인 추운 날씨이지만 안에서는 하와이 해변에 서서 훌라댄스를 하는 여인처럼 따뜻한 시간을 보냈다. 도서관에서 책을 빌려 가며 읽었던 사람들이 엘리베이터에 붙여진 공고를 보고 모였다. 생소한 춤이 무엇인지 궁금해서 신청한 젊은 엄마들, 그리고 오후 학원에 가기 전 오전에 배워보고 싶어 오시거나 중년의 나이 때 무언가 운동을 해보고 싶어서 왔다. 춤은 나이를 초월해서 하나가 되게 하는 신비함이 있다. 노래에 맞추어서 반복해서 춤을 추면 숨을 몰아쉬며 재미있다고 운동이 된다고 하시면서 밝게 웃어 보였다. 그 맛에 춤을 가르치고 있는지도 모르겠다.

내 시간표가 점점 홀라댄스로 채워지고 있었다. 계속 도전하고 만들어 가는 과정에서 새로운 세계를 만나는 기분이 든다. "이렇게 할 수 있는 일이 많았구나!" 충분히 관심 있게 찾아보면 해볼 만한 일들이 있다는 것을 알았다. 찾아보지 않고 "할 수 없어." "내가 갈 수 있는 곳은 없어." 하며 한탄하고 주저앉아 있었다면 아무 일도 일어나지 않았을 것 같다. "할 수 있어." "해 보자." 실패하는 과정에서 분명히 배우는 것이 있을 것 같다. 계속 듣게 되고 알게 되는 정보가 넓어지는 느낌이다. 그리고 여전히 내 시간표에 홀라댄스를 채우고 있다. 가르치는 것 외에도 배우는 것에 게을리하지 않으려 한다. 그것은 더 좋은 것을 알려주고 싶은 마음에서 비롯된 것 같다. 정체되고 고여 있는 물이 아닌 계속 새로운 것을 받아들이고 내가 잘못 알고 있던 것을 수정하면서 내가 나를 성장시켜야 한다고 생각했다. 책으로 세미나로 같은 동료에게 관심의 촉을 항상 집중하고 있다. 그것이 내가 오래 이 일을 할 수 있는 원동력이 되어줄 것 같다. 내 삶에 홀라댄스라는 콘텐츠가 들어온 것이 내겐 행운이다. 점점 알면 알수록 빠져드는 매력에 지칠 수 없는 에너지가 만들어진다. 작은 행복이 내겐 더 소중하다.

소소한 일상에서 만들어지는 기쁨이 계속 내 일상에 스며들어 점점 나를 나답게 만들어준다. 오늘도 설레는 마음으로 원데이클래스를 준비하고 있다. 그 전부터 오늘을 위해 꽃 머리핀도 만들고 꽃목걸이로 장식하고 신나고 아름다운 시간을 상상하며 기다렸는데 드디어 오늘이 왔다. 아름다운 장미가 활짝 핀 5월에 어울리는 '장미' 곡을 선곡하고 신나게 춤을 출 생각을 하니 기분이 좋아진다. 한 번도 만나지 않은 분들이 신청하셨기 때문에 어떻게 하면 쉽고 재미있게 지도를 해야 할지 내 머릿속은 흥분된 상태이다. 이것이 내가 요즘 많이 생각하는 일부분이다. 어떻게 하면 다른 사람을 행복하게 만들까? 어떻게 하면 건강하게 춤을 출 수 있게 만들까? 그것이 바로 나를 행복하게 만드는 길임을 알기에 더욱 열정을 모아서 전달하려 한다.

Chapter 4

평생, 나는
훌라댄스할 것이다

작은 위로가 될 수 있다면 충분하다

성지순례를 다녀오신 분이 '겨자씨 한 알'를 보여주었다. 깨알 같은 아주 작은 씨앗이었다. 성경 말씀에 많이 등장하는 씨앗이었다.

"천국은 마치 사람이 자기 밭에 갖다 심은 '겨자씨 한 알' 같으니 이 것이 모든 씨보다 작은 것이로되 자란 후에는 풀 중에 가장 큰 자라 나 무가 되매 새들이 와서 그 가지에 깃들이느니라."

"내가 진실로 너희에게 이르노니 만일 너희에게 믿음이 '겨자씨 한 알' 만큼만 있으면 이 산을 명하여 여기서 저기로 옮기라 하여도 옮길 것이요 능치 못할 것이 없으리라."

아주 작은 씨앗이 나무가 된다니 놀라웠었다. 겨자씨 하나를 보면서 무한한 가능성을 느끼게 된다. 작고 하찮은 것이 아주 중요하다는 생각을 하게 된다. 작은 믿음의 힘이 중요하고 영향력 있는 것으로 성장할 수 있다는 깨달음을 얻게 된다.

얼마 전 모임에서 에펠탑 모형을 만들었다. 종이로 조각된 퍼즐을 뜯어서 만들어 보는 과제였다. 아이들 어릴 때 하는 모습을 봤을 뿐 내가 직접 해보려니 약간 번거롭고 복잡할 것 같았다. 작은 조각이 수없이 많이 있었다. 높은 탑을 잘 만들려면 설명서가 알려주는 순서대로 번호가 적혀있는 조각을 잘 뜯어야 한다. 그리고 조립을 해야 한다. 한 조각을 들고 이것이 어디에 꽂아야 하는지 만지작거리며 결국 제자리에 쏙 꽂히는 기분이 참 좋았다. 제대로 만들어질까 생각했는데 어느새 반쯤 만들어서 탑을 밑판으로 만들고 보니 완성을 할 것 같은 기분이 들었다. 처음에는 언제 이걸 다 만들까 하며 복잡한 조각들을 바라보고 있었는데 한 조각 두 조각 잘 이어져가면서 높은 탑을 자랑하듯 완성이 되었다. 뿌듯한 순간이었다. 내가 만들어 놓은 에펠탑 모형을 가지런히 진열해 놓은 것을 보니 이 맛에 복잡하고 어려운 걸 만든다는 생각이 든다. 실제로 작은 조각들이 모여서 탑이 만들어졌겠다는 생각을 해보니 작은 조각 하나가 소중하게 느껴졌다.

훌라댄스를 좋아하면서 많은 사람에게 알려주고 싶었다. 생소하고 어색한 분야인 하와이 춤을 조금은 익숙하고 친근하게 다가가기 위해서 경험이 중요하다는 생각을 했다. 체험해보는 시간 그래서 원데이 클래스를 준비했다. 정기적인 수업을 듣기 전에 훌라댄스가 과연 무엇인지 알리는 수업이다. 수업할 때보다 더 의상에 신경을 쓰고 초보자도 쉽게 따라 할 수 있는 곡을 선곡했다. 낯선 곳에 오신 것에 거부반응을 없애기 위해 꽃목걸이를 걸어주며 환영을 했다. 어리둥절한 모습에 자연스럽게 해변 그림이 그려져 있는 현수막으로 안내하고 사진을 찍을 수 있도록 안내했다. 하와이에서는 꽃을 걸어주며 환영을 하는 모습을 보게 된다. 예쁜 생화로 꽃목걸이를 만들어서 자연의 향기를 맡으며 기분이 좋아지는 것을 충분히 느낄 수 있다. 일찍 온 회원들이 솔선수범에서 한분 한분에게 자연스레 목걸이를 걸어주고 사진을 찍어주는 모습을 보니 흐뭇했다. 무릎을 굽혀 치마를 입혀주고 일일이 한 사람씩 사진을 최선을 다해 찍어주는 뒷모습이 너무 아름다웠다. 춤을 추는 모습뿐만 아니라 섬기면서 기쁨으로 웃어주는 사람들이 있기에 처음 오는 사람들과 쉽게 어울릴 수 있다고 생각이 들었다. 남자분도 한 명 오셨다. 하와이 훌라댄스는 남자들이 춤을 추었다고 한다. 그만큼 힘 있고 생동감 있는 표현은 잘 할 수 있을 것 같다. 궁금해서 찾아온 만큼 최선을 다해 훌라댄스가 무엇인지 알게 해주고 싶었다. 훌라댄스가 현대식으로 점점 바뀌면서 한국에도 훌라댄스가 참 많이 전해지고 있다. 특히 한국가요에 맞추어 동작이 만들어진 경우를 종종 볼 수 있다. 현대식의 하와이 훌라댄스이기 때문에 한국 정서에 맞는 곳에 맞추어 기본 훌라 스텝을 배워보는 것도 재미있을 것 같았다. 그래서 한국가요 '장미'를 선곡했다.

노래 가사에 맞추어 동작을 설명했고 서서히 춤을 추기 시작했다. 노래를 이미 아시는 사람들은 따라 부르기도 했다. 오른발 왼발 움직이며 골반을 흔드는 모습이 어색한 듯하지만 사람들의 표정은 밝았다. 노래에 맞추어 동작을 정확하게 하는 것은 기본이고 기분이 좋아지는 느낌을 전해주고 싶었다. 하루 경험하는 클래스의 주요 목적은 작은 행복한 순간을 선물하는 것이다. 춤을 추며 힐링이 되고 내가 얼마나 소중한 존재인가를 다시 찾아가는 시간이기를 바랐다. 한 사람 한 사람이 소중하다. 맨 마지막 "이 예쁜 장미가 누구?" 하면서 자신을 가리키는 동작을 넣었다. 한번 크게 웃었지만, 거울을 보며 정확하게 "내가 소중해" "예쁜 꽃이 나였지!" 하며 무언가 다짐을 했으면 하는 마음이 컸다. 여러 번 동작을 반복하면서 어색한 동작을 따라 하지만 입으로 손으로 벌써 시간 안에 빠져들어 가는 것을 느낄 수 있었다.

모두가 빠져나간 후 자리 정리를 하면서 느꼈다. 내가 지금 무엇을 하고 있었을까 잔잔한 일상에 춤이라는 파도를 전해주었다. 남들과 함께 호흡하면서 내가 너무도 즐거웠다. 내가 즐거우니 당신도 분명히 즐거워야 한다고 강요하고 싶지는 않다. 사람의 감정이 그렇게 쉽게 변하는 것은 아니기 때문이다. 웃는 것도 상당히 오랜 연습이 필요하다. 입꼬리를 올리고 웃기까지 수없이 반복된 연습으로 만들어진다. 평소 무뚝뚝한 인상이 자연스럽다면 이제 얼굴에 약간의 미소가 편해지는 때가 올 것이다. 그것이 진짜 자신의 인상을 만들어 가는 길이 된다. 내가 선택한 춤은 그 웃음을 되찾아 주는 힘이 있다. 밝은 미소가 기본이기 때문이다. 춤으로 시작한 작은 웃음이 일상으로 습관이 되면 표정뿐만 아니라 삶을 긍정적으로 바라보는 마음과 시선이 생길 것이나.

훌라댄스의 매력은 사랑과 감사 그리고 친절과 배려 많은 정신이 담겨있다. 내가 표현할 수 있는 그 자연스러운 몸짓 속에 숨겨진 보석 같은 에너지가 전해져서 조금 더 아름답게 변해가면 좋겠다. 그 작은 바람으로 춤을 추고 그것이면 내가 춤을 추는 의미는 충분하다. 한 번쯤 인생을 살아가면서 의미 있는 일을 하면서 살아가는 이 맛이 최고이다. 남들은 잘 모를 내가 느끼는 소중한 희망이 점점 부풀어 오를 것이다. 점점 성장해 갈 것이다. 내가 알고 있는 작은 것이 마르지 않도록 퍼도 퍼도 달고 맛있게 느낄 수 있도록 노력하고 최선을 다하고 싶다. 내가 선택한 이 길에 서 있는 것이 감사하다. 내가 줄 수 있는 사람이라는 것만으로도 행복한 사람이다. 복 있는 사람이다. 아주 작은 내 바람을 몸짓으로 작은 위로가 될 수 있다면 충분하다. 내가 앞으로 걸어가는 길이 평탄하고 좋은 길이길 바래보지만 그렇지 않더라고 묵묵히 천천히 걸어갈 것이다. 내가 선택한 길이 최선이라 믿고 찾아갈 것이다.

훌라댄스로 천천히 시작해라

"빨리 배워서 잘하고 싶어요."

첫 수업을 한 회원의 마음이다. 몇 개월 먼저 한 사람들의 박자에 맞추고 싶어서 조금 마음이 조급해진 모양이다. 그래도 처음 마음은 언제나 잘하고 싶어 열심을 낸다. 그 초심이 끝까지 가기를 바래본다. 1년 동안 수업을 하면서 만나고 헤어진 회원이 상당이 있다. 전화번호 목록에 훌라라고 검색하면 연락한 사람들이 떠오른다. 훌라댄스를 할 기회가 있어 예전에 했던 회원에게 연락하면 선 듯 오지 않는다. 훌라댄스라는 춤을 알게 되었지만, 그것이 내게 맞는 춤인지 알아가는 과정이 필요하다. 그래서 점검을 하지만 그것을 끝까지 내 춤으로 만들기는 쉽지 않은 일이다. 수많은 검증과정을 지나서 자신의 것으로 만드는 과정은 꾸준한 노력이 필요하다.

    2017년 시작하게 된 훌라댄스 덕분에 난 강사가 되었다. 월요일부터 금요일까지 근무시간을 제외하고 나면 내가 할 수 있는 시간이라고는 주말이 전부였다. 이것저것 평일에 못했던 일들을 하다 보면 그마저도 금방 지나 가버린다. 10년 후 나의 모습을 상상해보았다. 현재의 안정된 생활이 어쩜 나이가 들면서 오래 지속하지 않을 것 같은 불안한 생각이 들었다. 내가 현재의 명함의 직책을 제외하고 나를 증명할 수 있는 것이 아무것도 없었다. '어떤 사람으로 불리고 싶은가 어떤 일을 하며 살아갈까?' '나의 노후는 어떤 삶으로 살아가야 하나?' 이런저런 생각을 했을 때 내가 하고 싶은 일을 해야겠다는 생각을 할 무렵 훌라댄스라는 새로운 장르를 알게 되었다. "바로 이거다!!!" 생각하고 우리 집에서 가장 가까운 곳을 찾았다. 오래 할 수 있으려면 편해야 하고 쉽게 접근할 수 있어야 하기 때문이다. 다행히 가까운 문화센터에서 훌라댄스를 배울 수 있었다. 부담 없이 매주 토요일에 짧은 힐링의 생활을 하고 있었다. 오래도록 내가 출수 있는 춤이기에 하나씩 즐기면서 배울 수 있는 나의 선택은 크게 욕심을 부리지 않는 거였다. 내가 즐거우면 괜찮다는 편안한 상태가 일 년을 넘길 무렵 자연스럽게 자격증과정을 하게 되었다. 더 전문적인 과정이기에 동작과 마음가짐부터 달라졌다. 함께 배우는 사람들은 평일을 이용해 연습하고 교육을 더 받았다. 나는 오로지 몰입할 수 있는 시간은 토요일이 전부였다. 오전부터 저녁까지 수업을 듣고 익히기를 반복하면서 3개의 자격증을 만들 수 있었다. 현재 모든 시간을 훌라댄스를 생각하고 훌라댄스를 가르치는 강사가 되었다. 10년 후를 생각한 나의 계획은 어느 정도 적중했다. 막상 예전 명함을 떼고 현재 나의 정체성을 유지할 수 있는 것은 그 전에 무엇을 할 것인가 생각했기 때문이다.

나무의 성장 과정을 알려면 나이테를 본다. 나무의 줄기를 가로로 자르면 단면에 동심원 모양의 나이테가 보인다. 봄부터 초여름까지는 크고 부드러우며 연한 색의 세포를 만들고, 그 이후에는 성장이 둔화하면서 작고 단단하며 진한 색의 세포를 만들어낸다. 이러한 두 종류의 세포가 만드는 동심원이 반복되면서 나이테를 만드는 것이라고 한다. 1년마다 하나씩 생기기 때문에 그 나무의 나이를 알 수 있다. 나무의 성장 역사와 시간이 지남에 따라 경험한 환경 조건에 대한 귀중한 통찰력을 얻을 수 있다. 나무가 충분한 물, 영양분, 햇빛과 같은 성장을 위한 최적의 조건으로 자라났을 경우 명확하고 뚜렷한 나이테를 생성하지만, 가뭄, 영양 결핍, 극한 기온 또는 질병과 같은 불리한 조건에 있을 때는 정상적으로 자라지 못하게 된다. 나무의 흔적을 고스란히 나이테를 보면서 알 수 있다. 어느 순간에 갑자기 만들어 낸 것은 아니다. 수없이 많은 시간을 거쳐 가면서 몸 안에 흔적들을 남기고 남겼을 것이다. 편안한 시간일 때는 여유롭게 고통의 시간일 때는 혹독한 시간의 선을 천천히 힘겹게 만들어 낼 것이다. 사람이 살아가는 인생과 나무는 닮아있다. 살다 보면 순탄하게 지내는 시절이 있는가 하면 뜻밖의 원치 않는 상황이 벌어질 때도 생긴다. 그때마다 할 수 없다고 생각하면 진짜 아무것도 이루어지지 않는다. 생각하는 마음대로 몸이 움직여진다. 할 수 있다고 생각하고 조금씩 내 길을 가게 되면 자연스럽게 해결되는 일들을 자주 경험하게 된다. 좋을 때도 있고 나쁠 때도 있다. 상황이 안 좋아질 때마다 불평하고 불만으로 시간을 허비하기보단 부정적인 자리가 더 깊어지고 많아지기 전에 다른 에너지로 상황을 역전시킬 수 있는 훈련이 필요하다. 우리 뇌는 똑똑하기 때문에 기억력이 좋다. 매일 아침 거울을 보며 웃어주는 오랜 습관은 내가 하루를 열어가는 데 아주 큰 힘이 된다.

"너는 무한한 능력을 갖추고 있어."
"너 정도면 무슨 일이든 훌륭하게 해낼 수 있어."
"힘내자! 오늘이 너에게 행운의 날이 될 거야."

내가 할 수 없는 일에 자책하고 시간을 허비하기보단 내가 할 수 있는 아주 작은 일에 몰입하고 최선을 다하며 살아가는 하루가 더욱 소중하다고 생각한다. 때론 출발선은 비슷하게 시작했는데 저 멀리 가 있는 사람들을 보면 남들은 너무 쉽게 살아가고 있는 생각이 든다. 하지만 모든 일에 공짜는 없다. 내가 모를 뿐이지 남들이 저만큼 갔다는 것은 모르는 고통이 따라왔을 것이 분명하다. 화려하게 포장된 외면의 모습을 보면서 아주 쉽게 얻어졌을 것이라 착각하게 된다. 남들이 하는 일은 쉬어 보이지만 막상 해보면 만만하지 않을 때가 있다. 그만큼 고통을 감수하고도 그 길을 할 수 있는 자신감이 있다면 해낼 수 있다. 다만 몸을 다쳐가며 욕심으로 달려가면 멀리 갈 수 없다. 충분히 고통도 즐기면서 가면 좋겠나.

할아버지들이 훌라댄스 하는 모습을 보았다. 할머니들이 하는 춤은 봤지만 할아버지 군무는 처음 보았다. 일반적인 평범한 모습의 할아버지였다. 하지만 달랐다. 익살스런 개구쟁이 표정을 하면서 훌라댄스 동작을 했다. 물론 우리가 늘 강조하는 훌라댄스의 기본자세를 유지한 상태에서 춤을 추지는 않았지만, 그 표정에서 훌라댄스를 표현하기에 충분했다. 무슨 일이든 즐거우면 할 수 있다. 힘들다고 생각하면, 어렵다고 생각하면 도전하기 힘들다. 쉬운 것부터 천천히 하게 되면 어려운 숙제도 풀리게 될 것이다. 훌라댄스가 보이는 세계는 마치 유명한 댄서가 춤을 추는 모습도 있지만 생활 속에서 어우러지며 일상자체가 춤으로 표현되는 것을 원할 때가 있다. 훌라댄스의 매력은 맨손으로 춤을 출 수 있다는 것이다. 노래에 맞추어 언제든지 어디서든지 춤을 출 수 있다. 내가 서 있는 곳이 어디든 무대가 될 수 있다. 인생의 무대에서 나는 과연 어떤 춤을 추고 싶은가? 기쁠 때도 춤을 추고 슬플 때도 춤을 추고 춤이 내 인생의 무대에서 활기를 치며 더 깊숙이 파고들어 온다. 급할 것 없다. 천천히 시작해보자 춤이든 뭐든 내가 좋아하는 것을 찾아 즐겨보자. 남의 눈치는 그만 보고 내가 원하는 것이 무엇인지 생각했다면 바로 실행해보자. 생각만 하다가 아무것도 할 수 없게 된다. 뭐라도 해보고 싶다면 결단을 내려야 한다. 돈을 들이든 시간을 들이든 이 두 가지는 항상 따라오는 것일 수 있다. 아깝다고 생각하게 되면 아무것도 할 수 없다. 자신의 목소리에 집중하고 할 수 있는 아주 작은 일부터 해보면 보일 것이다. 하게 될 것이다. 내가 무엇을 원하는지 그것이 쌓이게 되면 분명 나의 고마운 흔적이 되어 나의 인생의 나이테가 한줄 한줄 아름답게 만들어 갈 것이다. 먼 미래에 그어진 내 흔적들이 쫌쫌해 질 때 얼마나 뿌듯하겠는가. 나는 그렇게 훌라댄스 나이테를 선명하게 만들기 위해 천천히 산책하듯 걸어간다.

새로운 이슈, 훌라댄스

"오늘 하루가 인생 최고의 하루다."

얼마 전 서울대병원에서 훌라댄스 재능기부를 하는 기회가 있었다. 오래전 방문했던 기억이 좋아 다시 방문하게 되었다. 암 병동이기에 무슨 병으로 병원을 찾았는지는 모르겠지만 모자를 쓰고 있었다. 그리고 모자에 하와이 핀을 달아 주었다. 병원에서의 훌라댄스는 그리 잘 어울리지 않을 것 같지만 웃을 일이 없는 환자에게는 아주 좋은 힐링 시간이 되어주었다. 함께 재능기부를 한 동료가 긴 머리를 다듬고 있었다. 인사를 하는데 먼저 자신도 암 환자고 몇 개월 전 수술을 했다고 한다. 가냘픈 몸에 훌라댄스 봉사를 하고 싶어 가발을 준비해서 한 시간 동안 다듬고 있었다고 한다. 누가 누구를 위로하기 위해 온 건지 모르겠지만 자신이 알고 있는 훌라댄스를 기쁘게 추고 싶다고 했다. 아직도 싸워야 할 병이지만 훌라댄스를 하면서 자신을 더욱 사랑하게 되었다는 이야기를 서슴없이 했다. 누군가 아프면 근심이 찾아온다. 아픈 환자는 두려움과 싸워야 하고 주변 사람들은 안쓰러움과 걱정에 우울해진다. 기쁨의 흔적은 온데간데없고 막막함으로 의사 선생님의 말씀 한마디가 전부인 시간을 보내야만 하는 시간을 버티고 이기고 살아야 하는 시간으로 점점 변해간다. 내가 그날 만난 사람들은 얼굴에 미소가 가득했다. 환경과 상황은 분명 병원이었지만 오늘 맞이하는 하루가 그들에게는 최고의 하루가 되었다. 음악에 맞추어 하와이 여인처럼 몸을 흔들며 웃는다. 어설픈 동작에 수줍어하듯 연신 미소가 떠나질 않았다. 분명, 오늘 하루 훌라댄스 하는 시간 만큼은 소박하게 행복하기를 바라는 마음으로 내 몸도 흔들었다.

수업을 마친 후 병원 앞 창경궁이 있어 훌라댄스 할 때 입었던 복장 그대로 산책했다. 아름다운 고궁의 웅장함은 언제 보아도 압도된다. 싱그러운 5월의 날씨는 푸르른 나무 사이로 햇살을 비추어 주었다. 지나가는 관광객들과 함께 사진을 찍었다. 고궁과 훌라댄스 치마의 화려함이 잘 어울리는 것 같았다. 한복을 입은 사람들까지 합세해서 즐거운 한 컷을 남겼다. 훌라댄스는 무대가 아닌 일상에서도 훌라인의 삶을 살게 한다. 처음 만나는 사람들과의 서슴없이 마음의 문을 열고 기꺼이 웃어준다. 카메라를 들고 있는 관광객이 우리가 걸어가는 모습도 찍어간다. 궁에서 화려한 파우를 입은 사람들을 만난 것이 신기한 듯 찍는다. 기꺼이 포즈를 만들어준다. 그리고 서로 웃어준다.

훌라를 좋아하는 사람들의 공통적인 특징이 있다.

첫째, 훌라댄스 할 때는 무릎을 굽히고 춤을 춘다. 무릎을 굽히고 상체는 곳곳 하게 세우는 자세가 기본동작이다. 한번 자신의 자세를 낮추는 모습을 한다는 것이 기본이기 때문에 무언가 겸손과 배려의 마음이 짙게 깔려있다는 생각이 든다. 그것이 습관이 되었다고 할까, 모가 난 사람들이 없이 모두 상대방을 아끼고 섬기고 싶은 마음이 있다.

둘째, 얼굴의 미소가 생명이기 때문에 웃는 모습이 자연스럽다. 웃음이 억지 미소는 금방 싫증이 난다. 그 미소를 유지하는 것도 힘들 것이다. 하지만 춤을 추면서 지어지는 웃음은 조금 다르다. 가사에 충실한 미소는 시시각각 표정이 변한다. 아름다운 자연을 노래하는 가사이기 때문에 연신 황홀한 웃음을 지을 수밖에 없다. 천진난만한 어린아이를 보았을 때 사랑스럽고 따뜻한 미소를 지어지듯이 춤을 출 때 만들어진다. 그 연습을 오래 한 훌라인들의 미소는 습관적이고 자연스럽다.

셋째, 언제나 긍정적이고 활기찬 모습이 예쁘다. 춤을 좋아하는 사람들은 대체로 순수하다. 자신의 몸을 통해 무언가를 표현한다는 것은 마음속에 무언가를 담아야 한다. 그러기에 비어내는 연습을 참 많이 한다. 풍부한 표현을 하는 힘은 집중력도 있지만 꽉 막힌 욕심들을 내려놓고 힘을 쭉 빼고 추어야 한다. 그렇게 춤을 추고 나면 마음에 꽉 찬 보람이 느껴진다. 그것이 긍정적인 마음이라고 생각한다. 세상이 다 행복해지는 느낌 그것이 활기를 더해준다.

배우기를 두려워하지 않는다. 배움의 열정은 언제나 열려있다. 하와이에서 전해오는 춤이기에 그 문화를 접하거나 춤을 제대로 배우려면 그곳으로 직접 가보는 것이 제일 좋다. 하지만 여러 가지 여건이 허락되지 않으면 직접 배우기가 어렵다. 그래서 한국에서 열리는 다양한 워크숍에서 배우기를 꺼리지 않는다. 예전 하와이에서 오신 선생님의 춤을 배우려 할 때 전국에서 훌라댄스 하는 사람들의 집합체처럼 모두 모여 있었다. 무엇을 하든 관심 있어서 관찰하고 조금 더 배우고 싶은 마음이 많은 사실을 알 수 있었다. 나도 또한 같은 생각이다. 무언가를 하려면 관심 있는 분야에 빠져서 더 알고 싶은 마음이 들기 때문이다. 하지만 그 호기심을 귀찮아하고 두려워한다면 새로운 것을 받아들일 수 없다. 그래서 두려움을 없애기 위해 하나라도 더 경험하고 알아가는 재미를 느끼려고 노력한다.

　새롭게 떠오르는 훌라댄스의 매력에 사람들은 빠져든다. 다양한 춤의 장르에서 자신에게 맞는 춤을 추게 되는 것은 행운이다. 이 춤이 나를 어떻게 변화시키는지는 해보면 느끼게 된다. 적어도 내가 만나고 훌라댄스를 배운 사람들은 그 매력에 빠져 여전히 춤을 추고 있다. 10년 후, 20년 후, 내가 추고 싶은 춤을 사람들에게 알려주는 것이 내가 해야 할 일이 되었다. 내 주변에 있는 사람들에게 훌라댄스를 적극적으로 알려주는 방법은 내가 즐거우면 된다. 그 모습을 본 사람들은 궁금해 할 것이다. 그 궁금증에 한 번 경험하고 나면 그 맛을 느끼게 될 것이다. 나에게 배우는 사람들은 대부분 춤을 좋아한다. 그래서 알고 있는 지인들에게 소개를 해주면 배우고 싶어 방문한다. 그 모습이 참 신기하다. 분명 춤을 추고 있었는데 또 다른 춤에 궁금해하는 것을 말이다. 동적인 사람들의 특징은 흥이 참 많은 것 같다. 빠른 비트에 몸을 많이 쓰는 장르의 춤을 추던 회원이 찾아왔다. 그리고 춤을 추면서 훌라댄스의 호흡과 동작의 아름다움을 찾아서 왔다는 이야기를 들었다. 때론 격하게 때론 부드럽게 때론 자유롭게 자신을 표현하는 연습을 춤을 통해서 할 때 더 건강해질 것 같다. 머지않아 더 많은 대중이 훌라댄스를 할 것 같다. 공원 벤치에서 삼삼오오 모여있으면 훌라댄스를 자연스럽게 추며 자연을 보며 즐기는 모습들이 내가 꿈꾸는 일상이다. 맨발로 땅의 기운을 느끼며 몸의 중심을 잡고 좌우로 골반을 흔들며 유유히 손을 파도 타듯 움직이는 자유로움을 만끽하는 그날, 그 하루가 인생 최고의 날이 될 것 같다. 그런 나날을 매일매일 만들어 가는 과정에서 행복이란 선물이 배달될 것이다. 일상에서 만나는 훌라댄스의 행복 그 아름다운 추억들을 만들기 위해 나는 춤을 춘다. 어떤 학습적인 기술적인 몸짓이 아니라 가슴으로 느끼는 평화로움의 미소를 머금고 춤을 가르치며 출 것이다. 내가 생각하는 훌라 사랑이 통하기라도 하면 좋겠다. 더 설 수 있는 장들이 많아져서 행복과 기쁨을 배달하는 훌라인으로 삶을 살고 싶다.

알아주지 않아도 괜찮아

　세상에는 수없이 많은 사람이 살고 있다. 한사람이 다양한 자신의
인생을 살고 있는데 그 많은 삶을 다 알기란 어렵다. 그래서 짧지만,
조찬 포럼을 통해 한 사람이 살아간 이야기를 들을 때마다 감동이었
다. 괴테를 사랑한 한 여인, '전영애'라는 한 사람을 알게 되었다. 60년
이란 긴 기간 동안 완성한 '파우스트' 이야기를 흥미롭게 전해주었다.
그리고 어쩌다 혼자만의 집필실을 만들겠다고 여주 땅을 매입했는데
'여백서원'을 운영하고 있다. 그리고 '괴테 마을'을 지으려고 원대한
꿈을 꾸고 있었다. 현재 나이 72세 머리가 희어진 가냘픈 모습에서 어
린 소녀의 꿈많은 모험담처럼 이야기하는 소리가 우렁차게 느껴졌다.

강연이 끝난 직후 강연을 듣던 회원이 조경사업을 하는데 그곳에 저수지를 만들어 드리겠다고 했다. 감동의 시간이었다. 원대한 꿈을 꾸고 누구를 위해 일을 하는지 분명한 이유와 목적을 들었을 때 자발적인 울림이 생긴 것 같다. 혼자만의 꿈으로 그 큰일들이 이루어지지 않는다. 수많은 시간 동안 설계하고 이 일을 성사시키기 위해 남몰래 흘렸던 땀이 고스란히 느껴지는 순간이었다. 분명 대학교수로 은퇴해서 편안한 삶을 살 수 있었을 텐데 어렵고 좁은 길을 왜 선택했을까? 내심 생각이 들기도 했다. 하지만 평생 괴테를 연구한 그녀의 마음의 불씨는 꺼지지 않았을 것 같다.

'무언가를 비난하기에는 나는 너무 늙었다. 그러나 무언가를 행할 만큼은 충분히 젊다.'

나이든 자기 자신에게 하는 괴테의 말을 인용했다. 왜 나이 들어 열정적으로 살아가는지 알 수 있는 대목이었다.

협회에서 교육 이사 모임이 있었다. 코로나 이후 흩어져 있던 이사들이 처음으로 모였다. 울산, 원주, 용인, 수원, 양평, 서울 등 다양한 곳에서 활동하는 훌라를 좋아하는 사람들이다. 내가 처음 훌라댄스를 하려고 했을 때 거울을 보며 아름다운 훌라댄스를 하는 모습을 보며 나는 언제나 멋진 춤을 출 수 있을까 물끄러미 바라보던 생각이 났다. 훌라댄스가 좋아서 매주 토요일이면 들떠있는 초보 중의 초보였다. 어색하게 생긴 고무줄 치마를 입으면서 하와이 음악이 흘러나오면 왠지 마음이 편해졌다. 다른 세상에 놀러 온 것처럼 신기했다. 한 동작 한 동작 배울 때 골반은 마음대로 움직이지 않았다. 제대로 하고 있는지도 몰라서 제멋대로 움직이다가 허리가 아픈 적이 많았다. 자연스럽게 움직여야 하는데 흉내 내기에 급급하다 보니 무리를 한 모양이다. 점점 배우고 연습하는 횟수가 늘어날 무렵 더 풍성한 표현들이 늘어갔고, 점점 빠져들어 갔다. 그렇게 나는 훌라 사랑에 빠져 교육이사가 되었다. 참으로 신기했다. 우리는 모이면 그때 이야기를 한다. 2019년 6월에 홍콩에 갔을 때를 말이다. 홍콩공연이라는 공고를 보았을 때 우리나라가 아닌 외국에 가서 훌라댄스를 할 수 있다는 것 자체가 신기하고 벅차올랐다. 13명의 인원이 똘똘 뭉쳐 잘하고 싶은 마음에 홍콩에 도착해서도 해변, 높은 산, 공원등 관광지에서 음악을 틀어 놓고 연습을 했다. 아니 거리 버스킹을 한 것이나 다름없었다. 온 천지가 무대였다. 누구 하나 아랑곳하지 않고 몰두했다. 바로 코앞에 다가온 공연 날이 먼저였기 때문에 오로지 훌라 생각뿐 이였다. 참 대단하고 멋진 순간이 아닐 수 없다. 공연은 무사히 마치게 되었는데 숙소 가까운 근처에 아주 큰 데모가 있었던 모양이다. 택시기사의 다급한 목소리가 들렸다. 호텔 근처로 갈 수 없다는 것이다. 이렇게 저렇게 사정을 해서 근처까지만도 가야 했다. 먼저 도착한 일행이 문이 닫힌 호텔을 간신히 들어가서 맡겨두었던 짐들을 밖으로 빼내기는 했다. 거리가 통제된 곳에 발목이 잡힌 상태여서 오고 갈 데가 없었다. 우리는 공항철도를 타기 위해 방향을 돌려야 했고 나머지 호텔 근처에 있었던 일행이 무사히 빠져나오기만을 학수고대했다. 모든 짐 들을 들고 무섭고 복잡한 거리를 뚫고 나와야 하는 상황이었다. 모두 걱정을 안 할 수가 없었다. 모두가 조여오는 공포감이 대단했다. 여러 시간을 기다려 일행과 무사히 만났고 그때 모두 울었다. 갑자기 이산가족이 되어버릴 상황에서 함께 모였다는 것이 가슴 절절히 감사했다. 그런 전우애 같은 사람들이 모였으니 5년이란 시간이 흘러갔지만, 아직도 그때의 놀란 감정이 되살아나는 것 같다. 그래서 모이면 빼놓을 수 없는 이야기가 된다. 그래도 여전히 훌라댄스가 좋다. 어쩜 공연장에서 만난 하와이 선생님의 손짓 몸짓이 내 가슴을 두근거리게 했을 것이다. 평생 훌라댄스를 하면서 많은 시간을 보냈을 세월의 여유로움이 그대로 나타났다. 강함과 약함이 다 함축적으로 담겨 있었고 표정은 압도적이었다. 무대 가까이서 볼 수 있는 행운을 얻었다는 것이 너무 좋았다. 각 나라의 대표팀들이 훌라댄스를 하는 모습에서 표현과 동작의 섬세함을 배웠다. 의상도 어찌나 아름다운지 훌라댄스의 또 다른 매력을 볼 수 있는 여행이었다. 두고두고 남는 여행담을 모이면 하게 된다.

어느 날 훌라댄스를 하는 동기가 물었다. 재능기부를 하면 손해인 것 같다고 그래서 돈을 받는 곳에서 해야 한다고 자꾸 말하는데 어떻게 하면 좋겠냐고 물었다. 내 경우는 훌라댄스가 좋다면 많은 사람에게 알리고 싶다면 재능기부도 기꺼이 할 수 있어야 한다고 생각한다. 세상에 살면서 공짜는 없다. 순수한 마음으로 다른 사람에게 좋은 일을 하면 어떤 모양이라도 보답이 오는 것을 종종 보게 된다. 그렇다고 바라는 것은 아니지만 내 시간과 재능은 소중하지만, 그것을 선택하는 권한 또한 내게 있다. 가진 것을 나누는 것처럼 보람되고 기쁜 것은 없다. 조금의 수익을 위해 더 큰 기쁨과 바꿀 수는 없기 때문이다. 때론 자신의 소신이 필요하다. 그래서 다른 사람들이 아무리 뭐라 해도 내가 생각하는 것을 흔들림 없이 지키는 것이 가장 소중한 것을 지키는 것일 수 있다. 제자리에서 순리대로 행동하는 것이 얼마나 중요한지 모른다. 봄, 여름, 가을, 겨울 때가 되면 어김없이 돌아오는 계절의 고마움이 어떨 때는 신비롭다. 어떨 때는 2월이 지나 3월을 애타게 기다린다. 꽃이 너무 그리워 학수고대한다. 그럼 그 기다림도 무색하게 온 세상이 꽃이 만발하는 시절이 되어 덮어버린다. 겨우내 얼어붙었던 마음도 꽃의 화려함에 마음을 빼앗겨 마음이 말랑말랑해진다. 자연이 주는 재능기부를 공짜로 누리고 살고 있는데 내가 가진 아주 조그마한 것을 아껴서 뭐 하겠는가? 자꾸 퍼주고 퍼주어야 하지 않겠는가? 어디 춤출 때 없나 찾아본다.

'알아주지 않아도 괜찮아' 머리 하얀 할머니가 고운 치마를 입고 훌라댄스를 추는 모습을 상상해본다. 아주 짧게 춤을 추고 싶은가 아니면 평생 훌라댄스를 추고 싶은가 물으면 평생 추고 싶다고 당당히 말한다. 무대 위에서 추고 마는 춤이 아니라 꽃과 더불어 물소리 새소리 들으며 내가 서 있는 곳이 무대가 되어 자연과 더불어 춤을 추고 싶다. 하와이 음악이 흘러나오면 삼삼오오 모여서 리듬에 맞추어 춤을 추는 그 시절을 고대하며 꿈을 꾼다. 그렇게 될 수 있을까 생각하지만, 반드시 그날이 올 것이다. 내가 계속 훌라댄스를 하고 있기에 가능하다고 생각한다. 훌라댄스 춤추면서 함께 나이 들어가는 우리들의 꿈과 소망이 이루어지리라 믿는다. 그런 꿈을 꾸고 있는 나는 오늘도 훌라댄스를 추고 있다. 마음에 담겨진 꿈을 알아주지 않아도 나는 여전히 춤을 출 것이다.

미쳐야 무엇이든 도달한다

남들의 말과 시선에 너무 많은 비중을 두고 있지 않은지 반성해 본다. 내가 나 자신을 남의 시선으로 바라보고 어떤 기준에 못 미치면 가혹하게 난도질하듯 비아냥거린다. 아주 작은 시작의 시점에 서 있는 꿈까지 무너뜨려 버리지는 않는지 말이다. 적어도 남들은 그렇게 바라본다 해도 나 자신만은 너무 솔직할 필요는 없다고 생각한다. 아주 작은 존재 하나가 얼마나 기품 있고 훌륭하게 커갈지 시선부터 고쳐 보니 상쾌한 아침 공기가 콧속으로 들어오는 느낌이 좋다.

얼마 전 공연을 다녀왔다. 하와이 악기 중 울리울리를 들고 춤을 추었다. 빨간 깃털과 노란 깃털을 가지고 꽃 모양처럼 동그랗게 장식이 되어있고 손잡이에 빈 코코넛 속에 씨앗을 넣어 흔들면 소리가 나는 악기였다. 요란한 소리가 들리지만, 함께 손동작을 맞추면 듣기 좋은 소리가 난다. 그리고 무척 흥겨움을 더해준다. 평소 집에서 흔들며 연습을 할 때면 시끄럽게 느껴질까 봐 손에 딱 잡히는 물병에 조금 물을 담아 좌우로 손목스냅을 이용해 흔들면 촬촬거리는 소리가 나쁘지 않았다. 동작을 완성하고 악기를 흔들고 이중으로 연습을 해야 하지만 무언가 익숙해지려면 연습밖에 없다. 미흡한 동작을 해서 공연을 하게 되면 서로에게 좋은 공연을 할 수 없다. 그러기에 더욱 연습하게 된다. 잘하든 못하든 공연을 하고 나면 자기반성을 하게 된다. 이때 내가 조금 더 손을 들어야 했는데 아님. 내가 조금 더 빨리 일어나야 했는데 하면서 아쉬움을 삼켰다. 그래도 무대의 공포보단 마음껏 춤을 추는 자체가 좋다. 서서히 사람들의 시선이 보인다. 그 시선은 참으로 따뜻하고 좋았다. 열심히 손뼉을 쳐주며 웃어주는 관객이 있어서 춤을 추는 흥이 더해지는 느낌이었다. 누가 틀리나 누가 실수하나 그것이 중요한 것이 아니라 아름다운 훌라댄스를 추고 있는 모습에서 마냥 즐거워하는 모습을 보게 된다. 무대에 설 때마다 그래서 자유로운 기쁨이 생긴다. 물론 연습은 게을리하지 않는다. 더욱 좋은 것으로 알려주고 싶다는 생각이 들기 때문이다.

좋아해 주고 즐거워하는 훌라댄스를 접하게 하려고 내가 많이 활동해야겠다는 생각이 들었다. 다양한 교육 장소에서 교육하고 싶어 기관의 공고를 확인하는 것은 중요한 일 중 하나가 되었다. 하반기를 위해 새로운 공고가 올라왔다. 예전 '사람품학교'에서 5기를 뽑는다는 소식이었다. 정규과목을 요청했지만, 여가활동이 너무 많아서 들어갈 수는 없었다. 분명 수요는 많은 것 같은데 쉽지 않았다. 그래서 더욱 훌라댄스의 매력을 어필하고 싶은 마음에 몇 가지 서류를 작성하고 신청을 했다. 3주 정도 기다린 후 발표날짜를 기다렸다. 서류심사에 합격했다는 문자를 받았다. 역시 합격이라는 것은 기분이 좋은 소식이다. 이제 면접이 남았다. 3분 동안 시연을 해야 한다. 나는 어떻게 짧은 시간에 훌라댄스를 전할 것인가 궁리 중이다. 당연히 훌라댄스를 추어야겠고 훌라댄스를 하면 얼마나 좋은지 효과에 관해 설명해야겠다. 합격이 되면 뜨거운 여름날 훌라댄스의 계절에 춤을 추게 될 것이다. 안 되는 것은 없다고 생각한다. 손해 볼 것도 없다고 생각한다. 도전해 보는 과정에서 한두 가지씩 항상 배우기 때문이다. 이럴 땐 이것이 더 좋겠어 하고 좋은 아이디어를 배우게 된다. 떨어져도 될 때까지 도전할 것이다. 왜냐하면, 내가 할 수 있는 소신을 몇 사람 앞이라도 자꾸 알려주는 것도 필요하기 때문이다. 달라진 내 모습을 보여주는 것도 또한 도전이라고 생각한다.

어떤 한 가지에 몰입하고 집중한다는 것은 미쳐야 가능하다. 온통 홀라댄스 세상이 된 듯 궁금하고 알고 싶고 가고 싶고 하고 싶다. 아무리 작은 일이라도 꾸준히 하게 되면 잘할 수 있게 된다. 너무 욕심부려서 빨리 가고 싶은 마음은 없다. 내 호흡대로 즐기면서 가고 싶다. 미쳐서 가다 보면 어느 시점에서 나의 정체성이 더욱 견고해질 것 같다. 그것이 내가 되고 내가 가장 소중하게 여겨지는 것이 되어있을 것이다. 그래서 힘들여서 억지로 끌고 가고 싶은 마음보다는 하루하루 내가 간직한 꿈을 이루면서 한 걸음씩 걸어가고 싶다. 한 뼘씩 자라난 나의 나무가 어느새 사람들을 잘 쉬게 하는 그늘이 될 수 있다면 좋겠다. 생명을 건강하게 지키고 즐겁게 살아가야 하는 무엇보다 중요한 시기에 얼마나 좋은가! 내가 즐겁고 다른 사람을 즐겁게 할 수 있다는 것이 평생 할 수 있는 무언가를 알아버렸는데 미칠 수밖에 없다. 내가 가진 재능을 최대로 활용할 수 있는 방법을 찾고 만들고 개발해야 하는 것이 나에게 아주 시급한 일이 되어가고 있다. 제대로 배우고 알리는 것이 급해진 마음을 몸이 잘 따라와 주기를 바랄 뿐이다. 무엇보다 삶의 균형은 언제나 중요하다. 내가 할 수 있는 일은 추상적인 일을 어떻게 구체적이고 현실적으로 잘 풀어내는 역할이다. 그러기 위해 멈출 수 없다. 할 수 있는 한 하루하루 열심히 살아가야 한다.

부드럽게 건강하자

아침에 아이들이 번갈아 가며 출근을 한다. 큰 아이가 먼저 나갈 때 나무숲의 향기가 난다. 자전거를 타고 출근하는 아들이 선택한 향수이다. 출근 인사를 하며 보내면 곧이어 상큼한 꽃향기가 난다. 딸아이가 출근하려고 채비한다. 긴 머리를 치장하느라 오랜 준비를 했을 것 같은 머리를 휘날리며 집을 빠져나간다. 그럼 집안에서는 나무숲의 향기와 꽃향기가 뒤엉켜지며 남은 향기가 사라질 때까지 나는 글을 쓴다. 내가 글을 쓰는 자리가 거실이어서 내 책상을 지나가야 큰 거울을 볼 수 있기 때문이다. 그럼 아이들의 향을 그대로 맡는다. 아침에 반복되는 똑같은 시간에 난 그 향기가 익숙해졌다. 인공적인 향수 냄

새지만 어쩐지 활력이 느껴지는 아침 풍경이 좋다.

이제 내 차례가 왔다. 수업 준비를 하기 위해 다양한 색이 화려한 치마를 쳐다본다. 이젠 어떤 옷들보다 우선으로 내가 잘 보이는 곳에 네모반듯하게 접어 층층이 쌓아놓았다. 곡 분위기와 날씨 모든 것을 고려해 언제나 꺼내 입을 수 있게 준비를 해놨다. 최대한 선택할 수 있는 시간을 줄이기 위해서 다양한 것을 보면서 최대한 어울리는 옷을 선택하기 위한 나의 방법이다. 그리고 다양한 머리핀과 귀걸이를 착용한다. 가르치는 사람의 준비는 수업의 연장이라고 생각했다. 마음가짐을 바르게 하고 정신을 맑게 유지하는 것이 결국 단정한 몸가짐과 연결되는 듯하다. 화려하지 않지만 정갈하게 보이며 꾸미지 않은 듯하지만 세심한 신경을 쓰는 듯 느껴지는 것이 회원을 대하는 태도이고 배려라고 생각이 든다. 물론 기본적인 것을 가지고 생색을 내려는 것이 아니다. 요즘같이 자유로운 시대에 틀에 박힌 생각이라고 보이겠지만, 그것은 내가 선택한 원칙이 되었다.

얼마 전 '서초50플러스'에서 수업할 때이다. 첫날 훌라댄스라는 생소한 춤을 배우기 위해 왔는데 내가 입고 있는 치마에 관심이 유독 많아 보였다. 대부분 어디를 가든지 느껴지는 공통점이었다. 화려한 프린터에 원색에 가까운 치마 색상에 눈에 확 들어오는 느낌이기 때문이다. 하지만 나는 설명해 드린다. 처음부터 살 필요는 없고 아무 치마 입고 오시면 된다고 이야기를 한다. 그럼 다음날 공주풍 치마를 입고 온다. 몇 해 전 사놓고 입을 일이 없었는데 생각이 났다며 빨간 신도 신고 오셨다. 시간이 지나면 하와이 여행 가서 입었던 원피스를 입고 오시거나 플루메리아 꽃을 꽂고 오는 회원도 있었다. 직접 뜨개질을 해서 만든 꽃 머리끈과 팔찌를 착용하며 춤을 추는 회원도 있었다. 어쩌면 다양하게 관심과 열정을 표현하는 모습이 너무도 사랑스럽게 보였다. 곱게 화장을 하며 몸을 움직이는 시간 동안 환한 미소가 떠나지 않았다. 그런 시간이 작은 파도처럼 일상에 흔들거리고 있는 듯했다. 훌라댄스를 하는 시간에 나는 느낄 수 있는 자유와 편안함을 전해 주고 싶었다. 그래서 옥상에 있는 작은 정원으로 수업 장소를 옮겼다. 따뜻한 봄날의 바람이 살랑살랑 불고 있었지만, 햇볕이 따뜻하게 비추이고 있었다. 준비한 머리핀을 장식하게 하고 음악에 맞추어 훌라댄스를 추었다. 하늘을 향해 뻗은 시선에 고스란히 파란 하늘의 청량함이 그대로 느껴졌다. 또다시 환하게 웃고 있는 회원들의 모습에서 안도감을 느꼈다. 내가 알려주고 싶은 것이 무엇인가 그저 몇 동작 암기해서 잘하는 모습이 아니라 훌라댄스라는 매개체를 이용해 나 자신에게 자유를 선물하고 마음껏 웃어줄 수 있는 시간을 만들어 주고 싶었다.

살아오면서 우리가 배운 것은 가진 것이 많아야 행복하고 일등이어야 하고 뼈를 갈아 최선을 다해 살아야 한다고 배웠다. 그래서 그렇게 살지 않으면 불행하다고 생각했다. 실패하면 죽을 것같이 비참하고 패배자 같은 취급을 했다. 어떤 기준에 못 미치면 낙오자 같고 형편없는 사람으로 취급하는 것이 일반적인 생각이 강했다. 그래서 오르고 노력하고 치열하게 살아왔다. 하지만 어느 순간 느꼈다. 모든 것이 내 생각대로 되지 않는 것이 있다는 사실을 말이다. 건강이라는 신호등이 빨간불이 켜지면 모든 것이 하나같이 힘을 잃어가는 것 같다. 루틴처럼 살아왔던 시간이 모두 건강 앞에 정신없이 모두 뒤로 물러난다. 오직 살아야 할 방법과 살고 싶은 욕구만 자리 잡아 버린다. 주변의 모든 환경이 변해간다. 멀리 있었던 죽음이란 단어가 아주 친근하게 다가오면서 삶의 자세가 시선이 변하게 된다.

빗방울이 뚝뚝 떨어지는 모습을 보고 있는 남편의 뒷모습이 아주 작아 보였다. "꼭 내가 살리고 말 거야" 하며 두 주먹을 꼭 쥐었다. 함께 살아온 무수히 많은 시간 속에서 그때의 짧은 찰라는 내 뇌리에 고정되어 있었다. 2018년 10월 23일 기적같이 신장이식은 성공했다. 우리 가정에 드리운 막막한 안개가 걷히는 느낌이었다. 내가 그토록 원했던 아주 평범한 일상들이 제자리로 하나씩 돌아갔다. 뜨거운 여름날 검사 결과로 희망의 소식을 들었을 때 한 번의 망설임도 없었다. 한 생명을 살릴 수 있다면 내가 가지고 있는 하나를 줄 수 있는 것이 무슨 큰일이 되지 않았다. 모든 것이 가능해지는 것에 감사하고 기적 같은 날이 만들어지는 날만 기다리고 고대했다. 무엇이든 쉽게 이루어지는 법은 없었다. 수술 날짜가 임박할 무렵 알 수 없는 고열로 남편은 병원에 장기 입원을 해야 했다. 제대로 수술을 받지 못할까 모두 긴장하고 있었다. 그렇지만 모든 바람대로 좋은 몸 상태로 돌아왔다. 기다림의 하루하루는 어찌 보면 너무 천천히 흘러갔다. 그리고 내 몸도 천천히 회복되었다. 수술을 하고 제일 처음 공연을 한 날을 잊지 못한다. 12월 송년회 때 혼자 훌라댄스를 했다. 배에 복대를 하고서 훌라댄스 연습을 할 때면 감시했다. 무리가 되지 않은 선에서 서서히 골반을 흔들어 몸에 리듬감을 익혔다. 아주 회복된 몸은 아니어도 그토록 추고 싶었던 훌라댄스를 하면서 몸과 마음의 균형을 맞추고 있었다. 무리하는 것 같다고 생각이 들겠지만 어쩜 그 시간이 있었기에 춤의 끈을 조금 앞당길 수 있었던 것 같다. 아무도 눈치 못하게 나 자신의 한계를 넘어서 환하게 웃으며 춤을 추었기 때문이다.

"나는 마음먹으면 무엇이든 할 수 있어."
"훌라댄스는 내가 평생 추어야 할 춤이야."

하며 또다시 결심하는 순간이었다. 부드럽게 추어지는 느낌 그대로 몸은 움직여졌고 완전히 회복되어 가고 있어도 여전히 부드러운 손과 몸의 감각은 여전히 살아있었다. 안도의 숨과 그날의 박수소리가 나의 미래를 비추어 주었다.

건강하기 위해 춤을 추는 사람들이 있다. 운동하는 이유가 건강하기 위함이기 때문이다. 훌라댄스의 매력은 부드러움에 있다. 모가 난 구석이 없이 둥글둥글 부드럽게 노래하듯 그림 그리듯 손짓을 한다. 잔잔한 파도가 물결치듯 손을 흔든다. 그리고 잔잔한 미소가 입가에 번지면서 부드럽게 골반의 움직임에 따라 마음과 음악의 리듬과 가사에 흠뻑 빠져들어 간다. 모든 것이 일치되어갈 때 구슬구슬 땀방울이 맺히며 숨이 가쁘다. 몰입하는 춤 삼매경에 빠지면 숨을 쉬는 것도 잊어버리기 때문에 호흡을 충분히 해주면서 몸을 움직여야 한다. 그러면 몸에 힘이 빠지고 자연스럽게 연이어져 간다. 힘을 주면서 추는 춤이 아닌 힘을 빼면서 춤을 추는 춤이기에 더 몸과 마음이 가벼워진다. 내 건강상태에 맞추어 춤을 추기 때문에 무리하지 않고 출수 있다. 힐링댄스, 건강 댄스라고 하는 이유가 바로 여기에 있다. 훌라댄스의 매력은 부드럽게 춤을 추면서 치유하는 춤이라는 것이다. 부드럽게 건강하게 훌라댄스로 시작하는 하루하루가 어찌 행복하지 않을 수 있겠는가? 나와 정말 잘 어울리는 춤이다.

우아하고 아름답게 인생 살겠다

어느 날 엄마가 보고 싶었다. 전화를 걸지 않고 무작정 찾아갔다. 오전에 볼일 보고 집에 도착하는 시간이 정확하지 않을 것 같아 괜히 오래 기다리실 것 같았다. 집에 도착하니 아무도 없었다. 핸드폰은 식탁 위에 있었다. 엄마가 산책 가는 시간인 것 같아 기다리고 있었다. 고등학교 때 이사 오고 그대로인 집은 엄마의 손때가 묻은 곳이다. 그래서 왠지 변함없이 정갈한 집이 포근하다. 배낭을 메고 엄마가 들어온다. 엄마는 운동 삼아 싱싱한 채소를 사기 위해 먼 곳까지 갔다 온다. 개발한다고 예전 있던 전통시장이 없어졌기 때문이다. 가방 가득 부추, 호박, 당근 갖가지를 쏟아 놓는다. 부침개를 먹고 싶어서 재료를 사러 멀리 채소 집을 찾아 나선 길이였다고 한다. 한참을 다듬더니 신문지에 남은 재료들을 곱게 말아 냉장고 야채칸에 가지런히 보관한다. 그리고 마침 내가 도착했다고 한다라에 한 20인분은 나올 것 같은 양으로 버무린다. 손이 커도 겨우 3명밖에 없는데 한 5개쯤 부치고 나니 한 사람씩 먹어도 부침개는 남았다. 엄마가 시계를 보더니 "와 시간 진짜 빨리 간다." "혼자 있으면 시간이 왜 그렇게 안 가는지" 하며 이야기하신다.

80대 노인에게 할 수 있는 일은 한계가 있었다. 가까운 친구와 만나 쇼핑하고 수다하고 그렇게 시간은 흘러갔다. 어릴 적 엄마는 너무 할 일 많고 무척 바빴다. 한시도 가만히 있는 스타일이 아니었다. 그렇게 젊은 날을 누군가를 위해 헌신한 세월을 뒤로하고 이젠 수없이 많은 시간이 주어졌는데 나이 많아 힘들고 지친다고 한다.

어떻게 살아야 하는가? 인생에서 내가 할 수 있는 것이 무엇인가? 가끔 돌아보게 된다. 사람마다 이 땅에 태어난 목적이 분명히 있다고 생각한다. 그 분명한 사명을 깨닫고 산다면 나이와 상관없이 살아갈 수 있지 않을까? 시대적인 상황과 내가 머무는 시간 속에서 내가 할 수 있는 일이 있다고 생각한다. 나의 20대는 남들보다 조금 일찍 가정을 이루고 우리에게 아이들이 귀한 선물로 찾아왔다. 나를 통해서 이 땅에 태어난 소중한 생명이 잘 자라기를 바랐고 어설프고 모자란 정성으로 무사히 아이들이 잘 커 줬다. 그렇게 나의 20대는 소중한 생명과 함께 커갔다. 그때마다 시간의 일부가 하나씩 나의 몫이 아닌 타인에 의해 움직여지고 그것에 익숙하지 않아서 고민했지만 어찌 할 수 없는 형편이었다. 내가 기억하는 30대는 교육이라는 굴레에서 그대로 내버려 두면 안 될 것 같은 초조함이 있었다. 그야말로 세상 밖의 현실을 크게 느끼게 되었다. 내가 할 수 있는 일을 찾아야 했다. 사회에서 돈이란 존재는 막강했다. 그것이 없으면 하고 싶은 일을 제대로 못 했고 해줄 수 있는 것이 한계가 있다는 것을 서서히 느끼고 있었다. 나이 시간은 여전히 타인에 의해 쓰일 수밖에 없었다. 시간이 모자랐다. 하루하루 피곤함에 있었고 그것이 당연한 거라 생각했다. 사회적인 인정을 받기 시작한 것이 40대였다. 나름 인생에서 의미 있게 살아보려고 다른 사람들의 삶의 이야기를 책으로 읽고 간접경험으로 배웠다. 모두 다 성공한 사람들의 이야기는 엄두가 나지 않았다. 계속 달릴 것 같은 착각이 있었지만 어느 날, 죽음이라는 단어가 가깝게 느껴질 무렵, 끝이 있다는 현실감을 느꼈다. 앞만 보고 달려온 시간 속에 멈출 수 있다는 생각이 들어왔다. 뭔가 늘어지고 쉬고 있으면서 허송세월 보내면 안 될 것 같아 제대로 쉬는 방법조차 몰랐던 나를 발견하게 된 것이다. 누군가를 위한다는 구실로 내가 너무 방치되어 있었다는 생각에 정신이 번쩍했다. 그리고 나의 50대를 위해 준비를 했다. 내가 좋아하는 것이 무엇인지 고민하고 내 생각을 내가 존중하게 되었다. 내가 나에게 해줄 수 있는 이벤트를 찾기 시작했다. 내가 좋아하는 것은 배우는 것이다. 그래서 배움의 자리에 서슴지 않고 찾아갔다. 책에서 배웠던 사람의 향기를 직접 찾아가서 현장에서 만났다. 어색한 자리에서 그 어색함도 또한 필요하다고 생각했다. 사람을 만나는 것이 그렇게 용기를 내고 해야 하는 일이 아닌 것을 깨달았다. 너무도 당연하고 익숙한 환경에서 벗어나서 새로운 것들에 하나하나 도전했다. 새로운 배움의 자리에서 혼자라도 정말 하고 싶은 것들을 두려워하지 않았다. 그중의 하나가 홀라댄스였다. 나를 위해 찾았고 그 시간이 나의 행복한 루틴이 되었다. 토요일 온종일 있어도 지루하지 않고 계속 새로운 활력을 주고 있었다.

이제 시간 창조자가 되었다. 모든 시간이 내가 마음만 먹으면 만들 수 있는 프리랜서가 되었다. 오전 9시에서 출근해서 오후 6시 퇴근하는 정기적인 시간을 반납해야 하는 오래된 20년이란 시간에서 해방되었다. 처음엔 그 자유가 어색했기 때문에 두려움으로 다가왔다. 시간을 헛되게 보낼까 봐 뭐라도 해야 한다는 강박증이 생겼다. 누가 뭐라고 할 것 같았다. 그렇게 나가서 저렇게 살고 있네! 보이지 않는 조롱거리가 되고 싶지 않았다. 그것이 나를 더 초조하게 만들었다. 내가 찾은 시간에 미안한 마음이 들어 뭐라도 하려고 애를 썼다. 그렇게 시간을 메꾸려는 나의 조바심이 있었다. '내가 어떤 사람인데 나를 몰라보네' 하며 아직도 예전의 내가 남아있어 섭섭해 했다. 어느 날 내가 처음 사회에 발을 들여놓았던 그때를 생각했다. "내가 잘 할 수 있을까 내가 할 수 있는 일이 있을까?" 오랜 세월 놓아버렸던 사회 경력이 새로운 시작에 도움이 될까 망설이고 초조했던 그때가 생각이 났다. 하지만 발을 한발 내밀었고 적응했던 그때의 심정이 되살아났다. "그래 나는 다시 시작하는 거야. 내가 선택한 시간 속에 과거의 나는 잊어버리자" 하며 결심을 했다. 그것이 더욱 마음이 편했다. 다 무너뜨리고 다시 시작한다는 마음을 먹으니 모든 것이 가능해 보였다. 더 오랜 세월이 남아있는 느낌이 들었다. 패배자, 실패자의 자존감이 바닥을 치던 그때 완전 초보자가 할 수 있는 일이 생겼다. 도전하고 기다리면서 내가 가야 할 길을 찾아서 천천히 걸어보자고 생각한 시점부터 내가 할 수 있는 일이 보였다.

새롭게 시작하는 일이 내 옷처럼 느껴질 때는 예전 것을 내려놓은 때부터이다. 아름다운 것은 자신이 하고 자 하는 일을 하는 모습일 것이다. 훌라댄스를 하려고 출발하는 시작부터 온 세상이 나에게 전주곡을 연주해 주는 느낌이 든다. 지나가는 새들이 반갑게 인사하고 하늘과 나뭇잎 사이에서 반짝이는 햇살은 따뜻하게 나를 비추어 주었다. "잘하고 와, 알로 하!" 산들산들 바람에 흔들리며 노란 꽃들이 얼굴을 내밀어준다. 내가 만나야 할 사람들의 얼굴이 아른거리면서 함께 춤추는 시간을 쭉 상상해본다. 미리 연습해 두었던 춤과 음악을 생각하면서 흥얼거리며 걷는다. 지나가는 진열장에 비추인 모습은 꿈많았던 20대의 내가 걷고 있는 모습 같다. 멀리 비추인 모습에 생기가 느껴졌다. 한걸음에 달려가고파 성큼성큼 걸어가는 모양이 내가 들떠있는 내 모습에 저절로 흥이 난다. 내가 좋아하는 춤을 누군가에게 전해준다는 기쁨은 이루 말할 수 없다. 예쁜 치마를 골라 입고 내가 좋아하는 꽃을 머리에 꽂고 아름다운 하와이 음악에 맞추어 추고 또 추어도 질리지 않는 춤을 반복한다. 내가 허공에 흔들고 있는 공간에 수많은 사랑의 에너지와 기쁨의 가루를 마구 뿌리는 느낌이 든다. 인생의 한 순간에 절묘한 시간 속에 만남이 이루어졌고 같은 공간에서 호흡하며 서로가 느끼는 감정을 교감하는 순간이 어찌 아름답지 않을 수 있을까? 이 시간이 자꾸 쌓여간다. 내가 선택하고 관리해야 할 시간이 너무도 행복하게 다가왔다. 내가 해줄 수 있는 것은 내가 좋아하는 것을 나누어주는 것뿐이다. 우아하고 아름답게 춤을 추면 된다. 나이 들어가면서 시간이 거듭되면서 더 성숙한 사람 향기를 발하면서 나는 여전히 춤을 추고 있을 것이다. 조금 더 여유로워진 시간을 내가 통제하면서 너무 욕심 부지리 않고 내가 할 수 있는 최선의 노력을 기울일 수 있는 에너지로 하루하루를 살아가는 것이 내가 잘 할 수 있는 일이다. 나는 평생 훌라댄스를 하면서 우아하고 아름답게 살아갈 소망이 마음 속에 여전히 품고 살 것이다.

Chapter 5

엄마들이여,
행복할 일을 찾아서
가라

훌라댄스로 건강하게 독립해라

나무에 열매가 맺혔다. 스스로가 어떤 형태로든 존재할 수 있는 준비가 되었다. 오래도록 공급받았던 나무와 헤어져야 할 시간이 되었다. 그 헤어짐으로 내 존재가 더 단단해지는지 아니면 또 다른 세상을 만날 것인지 아무도 모른다. 적당한 시기를 봐서 나무와 분리되는 순간이 찾아올 때 기꺼이 떠난다. 그 순간이 분명히 느껴지고 알게 된다. 그때 과감히 떠나야 한다. 물론 가만히 있어도 나무가 준 수분이 있었고 적당한 햇빛이 있어서 달콤한 날들을 보냈다. 하지만 억지로 있다가는 언젠가 썩어질 것이 분명했다. 하지만 그것을 모른다. 열매는 과감히 떨어져 나가 자신이 땅에 떨어져 흙에 묻히고 또 다른 싹을 만들어 좋은 나무가 되어야 하는 과정을 견뎌야 한다. 열매가 떨어져야 할 때와 가야 할 시기는 분명히 정해져 있다. 그것이 자연의 순리이다.

나에게 또 다른 열매가 맺혔다. 훌라댄스라는 꽃이 피었고 그 열매로 내가 가르치는 사람이 되었다. 전 직장에서 나는 발레를 하는 강사들을 많이 만났다. 유아 발레 프로그램을 만들고 그것을 가르쳐 전국에 있는 교육장에 파견하는 일을 했다. 일 년에 한 번 강사들에게 직접 시연하는 과정에 참여했다. 평가라고는 하지만 나는 태도에 중점을 두었다. 직접 아이들을 가르칠 때처럼 준비하며 제대로 교육을 하는지 궁금했다. 일일이 300군데의 센터를 찾아다닐 수 없으니 강사들을 모두 한자리에 모아 놓고 각자가 준비한 잠깐의 수업 시연을 하는 시간을 마련했다. 내가 미처 몰랐던 교육방법을 나누며 배워가는 의미 있는 시간을 생각했다. 떨리는 순간들을 만들어 모든 것을 평가할 수는 없지만, 각각의 자질과 성향을 파악할 수 있었고 무엇보다 너무 예쁜 모습에 사랑스러웠다. 많은 인재가 있다는 것이 자랑스럽고 더욱 발전해가기를 바랐다. 이젠 내 차례가 되었다. 내가 그 어여쁜 떨리는 손으로 시연을 하는 강사들처럼 나에게 주어진 길이 생겼다.

회사라는 나무에서 떨어져 나올 때 막연했다. 하지만 느끼고 있었다. 더 내가 있을 자리는 아니라는 것을 말이다. 그런데 달콤한 돈의 유혹과 안정된 생활, 특히 아직도 남아있었던 내가 해야 할 일이 있을 것이라는 막연한 끈이 있었다. 그래서 다시는 훌라댄스를 하지 않겠다는 결심으로 머리를 잘랐다. 마음의 결심을 증명하기 위해 나 스스로 행했던 행동이었다. 예전 워십댄스를 하지 않겠다고 결심하고 고이 모아두었던 옷들을 버렸던 그 심정으로 긴 머리를 짧은 단발로 잘랐다. 그래야 내가 나의 마음을 정리할 수 있을 것 같았다. 하지만 그 결심도 무색하게 갈등의 상황은 더욱 악화하고 있었다. 더는 참을 수 없었다. 이제 나무에서 떨어져 나와야만 했었다. 미련 없이 후회 없이 뒤도 돌아보지 않고 앞을 향해 박차고 나왔다. 내가 정해놓았던 시기보다 어쩜 빨리 돌아온 다른 삶을 구체적인 계획이 없었기에 막막했다. 하지만 결심했고 나 자신에게 기회를 주고 싶은 마음이 차올랐다. 그래서 훌라댄스 강사로 새롭게 독립하게 되었다.

한순간에 달라진 환경에 유일하게 익숙하게 생각되는 것이 있었다. 내가 좋아하는 것과 함께했다. '이제 훌라댄스를 하지 않을 거야.' 생각하며 머리를 잘랐던 나의 심정은 어땠을까? 무엇이 우선이었을까 생각했을 때 조금 천천히 내가 좋아하는 일을 하면 된다고 생각했다. '지금 때가 아니라면 기회가 생길 거야' 막연함에 지금 시간을 모면하고 싶었을 것이다. 내가 그토록 좋아했던 것을 포기할 만큼 강인한 의지를 표현하고 싶었을 것이다. 하지만 다행이다. 내가 하고 싶은 것을 마음으로 밀어냈다고 하지만 자꾸 생각나고 보일 때마다 내 마음은 힘들었을 것 같다. 복잡하고 힘들었던 상황에서도 훌라댄스를 추고 나면 온데간데없이 사라지고 딴 세상에 사는 사람처럼 되어버리는 것이 신기했었다. 내가 취미로 여기며 훌라댄스를 만났던 세월을 없애기에 너무 많은 것이 담겨 있었던 것 같다. 그것이 이제 내 생활에 전부가 되었다. 지금은 훌라댄스 강사가 되어 훌라댄스 대중화를 위해 여기저기 다니며 춤을 추고 있다.

나의 금요일, 훌라댄스 날의 풍경이다. 오전 10시 반 수업을 준비하며 오전 9시쯤 그날의 수업에서 가르쳐야 할 곡을 한번 예행연습을 한다. 동작에 대한 설명이 자연스럽게 나오도록 가사를 되짚어 보고 춤을 춘다. 그리고 어떤 옷을 입을지 결정하고 파우스커트를 입고 그대로 발길을 돌린다. 약 15분 정도 걸리는 연습 장소에 가는 길에 하늘은 언제나 이쁘다. 계절별로 피어있는 꽃들을 보며 파우스커트의 화려한 프린터가 아른거리며 머릿속에 반가운 회원들을 만날 것을 상상하며 기분 좋은 출발을 한다. 훌라 시간이 어떻게 지나갔는지 모르게 한 시간 반이 훅 지나간다. 너도나도 없이 춤을 추고 나면 기분 좋은 에너지가 남는다. 다음을 약속하고 나는 다시 다음 장소로 발길을 돌려 한참을 걷는다. 눈 쌓인 겨울에 앙상한 나뭇가지 사이로 보이는 하늘길을 보며, 때론 진달래가 피며 따뜻한 봄기운이 완연할 때의 길은 개나리꽃도 반기며 길을 안내한다. 조금 지나 초록 해진 그 나무 길은 가지 사이로 보이는 하늘의 아름다움에 감탄하며 걸어간다. 그 길을 지나 연습장에 도착하면 문 앞에서 "선생님 오셨어요" 하며 환하게 웃어주는 회원들이 한가득 모여있다. 아직 시간이 남았는데도 자리에 서기 위해 미리 잡고 계신 모습을 보면 저절로 음악을 틀고 미리 훌라댄스를 추어준다. 그런 모습이 보기 좋다. 일주일에 한 번 훌라댄스 하는 시간을 기다리며 환하게 웃어주는 고운 회원들의 미소에 나는 훌라댄스로 화답한다. 그것이 내가 춤을 추는 이유가 되었다. 그리고 돌아오는 발길에 마음 한구석에 밀려오는 보람은 어떤 보상으로도 바꿀 수 없을 것이다. 누가 하라고 시킨 것이 아니고 내가 하고 싶어라 하는 일상이 되었다. 너무 욕심만 부리지 않으면 내가 할 수 있는 능력으로 건강한 웃음을 줄 수 있다는 것이 행복하다. 금요일과 같은 훌라댄스 날은 많다. 하나하나 만들어 가는 나의 일상과 훌라댄스가 합작이 되어 작품을 완성해간다. 누가 알았겠는가? 나의 일상이 이렇게 변화되어 갈 것을 말이다. 막연하고 막막했던 그때의 기억처럼 하지만 나 자신을 믿고 도전했던 그 마음을 나는 잊지 못한다.

안락했던 나무에 떨어져 나와 단단한 열매가 또 다른 세상을 마주할 때 왜 힘들지 않겠는가? 보이지 않는 미래에 어떤 점을 찍어야 하는지 모를 때가 많다. 하지만 집중해서 생각하면 한 번쯤은 내 가슴을 설레게 한 무엇이 분명히 있을 것이다. 그것과 오래도록 살면 행복할 것 같은 느낌말이다. 아주 큰 것을 잃어버리더라도 감수할 수 있을 만큼 용기를 낼 수 있는 것이 분명히 있을 것이다. 그때 겁이 나지 않았다. 분명 잘될 거고 잘 할 수 있다는 나를 믿는 확신은 분명히 있었으니까 지나가는 시간에 너무 연연하지 않았으면 좋겠다. 그 시간에 나는 무얼했나 자책하지 않았으면 좋겠다. 그 시간마저 소중하니까 나의 일부이니까 열심히 최선을 다해 살아야 한다는 강박관념에 쉴 틈도 없이 얼마나 열심히 살았는가 그때마다 칭찬하기는커녕 가혹한 평가에 다시 없는 힘을 짜내며 앞으로 걸어가지 않았는가 이제 시간을 헤아려보자. 충분히 잘 해내고 있는 나에게 시선을 맞추며 이야기할 수 있는 시간을 만들어 놓고 걸음을 걷자. 그래도 늦지 않는다. 이제 남는 것은 건강뿐이다. 노후에 할 수 있는 일을 오래 하려면 건강해야 한다. 움켜쥔 손을 펴고 나에게 진실하고 내가 원하는 것에 귀를 기울이며 내게 주어진 사명을 감당하는 것으로 아름다운 인생을 살아갈 수 있지 않을까 분명 그런 삶을 살 수 있다. 행복한 일을 찾아 건강하게 독립해 보자. 내가 만난 훌라댄스의 세계에 행복과 건강이 함께 하고 있다. 감사의 마음이 넘쳐나는 나의 일상 오늘도 훌라댄스를 가르치러 출발한다.

나 자신을 가장 사랑해라

사람은 누구나 다른 사람에게 인정받는 것을 좋아한다. 다른 누군 가에게 특별한 존재인 것처럼 느끼고 싶어서 한다. 그래서 언제나 다른 사람들의 시선과 인정에 상처를 받는다. 그리고 그 아픔의 상처를 누군가의 위로로 치유하기를 원한다. 자신의 가치를 누군가가 인정해 주기를 바라면서 기다린다. 그렇게 사랑받고 싶은 마음을 기다리다 지치면 불평하고 불만을 늘어놓는다. 왜 알아주지 않느냐고 내가 얼 마나 잘했는지 충분한 칭찬을 다른 사람들이 해주기를 바란다. 그것 이 충분할 리가 없다. 내가 나에게 해주면 아주 간단할 것을 자기 밖에 서 해주기를 바라는 데 오랜 시간이 걸렸다. 내가 나를 진심으로 바라 보지 않고 남의 시선으로 내가 나를 바라보고 있었고 그것이 너무 익숙했다. 기준이 언제나 세상 밖의 평가에 있었기에 높은 기준에선 언제나 모자란 부분이 눈에 들어왔다. 아무리 해도 채워지지 않는 기준은 언제나 높은 산이었다. 그래서 결국 남는 것은 낮은 자존감이었다. 충분히 존재만으로 훌륭하다는 것을 깨닫기까지 많은 시간이 흘렀다.

언제부터인가 중얼거리는 버릇이 생겼다. 스스로 보살피기 시작하면서 나에게 질문하는 습관이 생겼다. "너 기분이 어때?" "속상하겠다. 나라도 썩 기분 좋은 일은 아니야!" 하며 달래주거나 "너 기분 좋지?" 하며 나와의 감정교감이 어느새 자연스러워졌다. 매일 아침 거울 보며 나 자신을 응원하며 웃어주는 루틴이 있어서 더욱 가까워졌다고 할까 복잡한 일이 있으면 한강에 나가 천천히 걸으면서 생각을 곱씹어 스스로 위로하고 생각의 우선순위를 정할 때가 많아졌다. "용서하세요." "미안해요." "사랑해요." "감사해요." 마음에 드는 불안함과 좋지 않은 기운을 버리고 서서히 숨을 들여 마시며 내 속에 채우는 말들을 바꾸어 버린다. "왜 그랬을까?" 따져 묻기보단 "그럴 수 있을 거야!" 내가 이해가 되고 이해가 되지 않은 것들도 우선 가두어있었던 마음을 흘려버리면서 가두어두는 시간을 오래 두지 않으려 한다. 그것이 나를 더욱 지키는 방법이고 나를 사랑하는 방법이기 때문이다. 내 마음에 든 생각이 머리에 머물게 되면 온몸이 딱딱해지고 혼란스러워 어디 하나 집중력이 없어진다. 어떤 문제이든 단번에 해결되는 법은 없다. 오랜 시간이 지나야 해결되는 것들이 대부분이기에 한 칸에 담아두었던 앙금이 너무 많은 영향을 주고 있어서는 평안함을 유지할 수가 없다. 그래서 내려놓고 버리고 기다리는 것이 최선이라는 것을 살면서 배우게 되었다.

프리랜서가 되면서 누군가 시켜서 하는 일이 아니고 주체적으로 결정해야 하는 일들이 많아졌다. 선택이란 언제나 어렵다. 잘못하면 나 아닌 다른 사람에게 큰 손해가 생길까 노심초사할 때가 있었다. 하지만 나와 관련된 일들은 그런대로 선택하기가 쉬워졌다. 선택할 때 기준이 명확했다. 감당할 수 있느냐 없느냐이다. 얼마나 이익이 많고 적음에 있지 않고 내가 한 번도 해보지 않은 일이기에 경험이 우선이 되었다. 내가 할 수 있는 일인가. 내가 해서 기분 좋은 일인가에 달려있다. 그만큼 스트레스를 최소화하기 위한 나의 장치라고 할까 그럼 분명히 소소하지만 기쁨이 있었다. 보람이 생겼다. 내가 지킬 수 있는 선택을 하면 시간 안배를 잘하면 분명히 효과는 분명히 나왔다. 누군가에게 의지하기보단 내가 선택한 것에 최선을 다하면 되는 것이다. 누군가의 평가에 내 마음이 흔들리지 않으려 한다. 명확한 판단은 이미 내가 알고 있다. 그에 따른 책임도 내가 알고 있으므로 가혹한 평가를 감내할 수 있다. 그것이 남에게 피해가 가지 않은 이상 고치고 다듬어 다음에 더 잘해야겠다는 결심을 앞당기게 한다.

어찌 보면 살면서 억울한 일을 당할 때가 가장 괴로울 때가 있다. 나의 마음과 상대방의 마음이 달라 오해받고 있기 때문이다. 그럼 예전 같으면 당장 뛰어가 나의 이해를 구하려고 하거나 뒤에서 험담을 늘어놓거나 많은 시간을 그렇게 허비하고 있었다. 낮은 자존감에 상처를 받아서 어떻게든 부정하고 부인하려고 애쓰려고 했다. 하지만 지금은 조금 달라졌다. 그것은 그 사람 생각이고 내가 아니면 그만이라는 생각이다. 뭐 그렇게 구구절절 설명하고 설득할 필요가 무엇인가. 그러기에는 시간이 아깝다는 생각이다. 내가 생각한 정확한 상황을 있는 그대로 받아들이고 인정하고 받아들이면 시간이 해결해준다. 괜한 오해를 풀기 위해 더 큰 오해로 서로 씻을 수 없는 상처로 영영 헤어지는 경우를 많이 본다. 설사 오해가 풀리지 않아도 그것에 연연하지 않는다. 그만큼 나를 믿어주고 지지하는 힘이 세졌다는 이야기이다. '너무 자기 편애하는 것 아니야.' 하고 생각할 수 있겠지만 살아가면서 내 경우는 그런 편이 훨씬 수월했다. 사람들이 같은 마음이 아니기에 어설픈 대화로 이미 어긋난 관계에 덧붙여 설득한들 왜곡된 이야기만 돌아다녔다. 견딜 수 있을 만큼 나를 더 지지하고 사랑해주면 된다.

내가 마음에 드는 나만의 아지트가 있다. 한강공원에 가면 좁은 길을 따라 걷다 보면 중간위치에 느티나무 한그루가 심겨있는데 제법 큰 나무이다. 나무 앞에 벤치가 있어 쉬고 가기 편하게 되어있다. 사람들이 조금 지나가는 길목이지만 나는 거기서 춤을 추고 잠깐 앉아 하늘을 보며 나무의 편안함에 쉬고 갈 때가 종종 있다. 그날도 참 많은 생각이 가득했다. 그런데 어느새 앙상했던 가지에 연둣빛 나뭇잎이 무성하게 하늘을 가리고 있는 모습을 보며 어쩜 마음이 고마웠다. 변함없이 그 자리에 지키고 있는 나무가 든든했다. '나봐 그래도 난 살아간다' 수많은 세월 동안 햇빛과 달빛을 번갈아 가며 보면서 겨울을 지나가면서 보이지 않게 조금씩 한해를 넘기고 있는 나무의 위로가 어찌나 반가운지 몰랐다. 머릿속에 가득했던 생각을 하나씩 꺼내어 나무와 바라봤다. 그림처럼 지나가는 생각들을 꼭 붙잡고 있는 손을 펴고 하늘로 뿌려버렸다. 아무것도 남지 않은 내 마음은 너무도 평온했다. 나무가 바라본 시선과 지나온 세월에 비하면 끙끙거리던 나의 고민은 아주 작은 조각들이었다. 그 먼지 같은 것들에 온몸이 쭉 쳐져서 살아갈 만큼 세월이 아까웠다. 내가 할 수 있는 일이 얼마나 많은지 나무는 나에게 보여주었다. 잎새 사이 공간에서 보이는 아름다움이 그것들을 말해주었다. "그래 맞아"

객관적인 내가 되어버린 나 자신에게 용기가 생겼다. 내가 생각했던 것이 정답이 아니어도 그것에 확신이 있다면 그것은 정답이다. 그것이 내가 나를 바라보고 내가 나를 사랑하는 방법이다. 내가 내린 결론을 따라가자 그렇게 나무는 수없이 많은 사람과 대화했을 것같다. 그

자리에 오가는 사람들에게 위로와 쉼을 주며 자기의 역할을 묵묵히 해내고 있는 모습에 무슨 말을 하겠는가. "그래 나무처럼 살자! 변함없이 한결같이 믿어주고 사랑하자!" 그렇게 말하면서 길을 걸었다.

행복한 일을 찾아가는 여행, 그것은 자신을 알고 사랑하는 것 같다. 이 세상에 나만큼 나를 잘 아는 사람이 어디 있겠는가? 내가 하고 싶고 좋아하는 일을 왜 모르겠는가? 상황과 환경에 내가 하고 싶은 것을 참고 있기 때문이 아닐까? 제일 먼저 생각해야 할 대상이 언제나 제일 늦게 찾아왔기 때문이다. 조금 더 내가 나에게 관심을 기울인다면 다른 사람에게 더 많은 사랑을 줄 것 같다. 그렇게 억울해하지 않고 살아갈 수 있지 않을까 내가 준 만큼 돌아오지 않는 것이 현실이다. 그냥 준다고 생각하면 더 편해질 세상이다. 선택은 언제나 내 몫이다. 어떻게 살아야 할 것인가? 무엇을 남길 것인가? 내가 대답하는 말에 귀를 기울일 때이다.

행복이라는 나만의 정원을 가꾸자

　오랜만에 카페에 와서 글을 쓴다. 아침에 글을 쓰는 것을 좋아하는 나는 특별한 일이 아니면 카페에서 글을 쓰는 일이 없다. 하지만 카페에서 노트북으로 작업하는 모습을 보면 멋져 보였다. 예전 첫책 공저 쓸 때 몰입하기 위해 카페에서 글을 쓰려고 노트북을 열었는데 누군가 나를 쳐다보는 것 같아 어색함을 느꼈다. 하지만 내가 글을 써야 한다는 목적을 가지고 그런데도 글을 완성한 기억이 난다. 하지만 오늘 제목을 보고 글을 쓰려 하니 카페에 가고 싶었다. 준비물은 노트북과 핸드폰 하나 아주 가벼운 차림으로 내가 정해놓은 동네 장소로 향했다. 혼자 떠나는 나만의 글쓰기 여행을 떠나는 차림은 가장 간편했다.

글을 쓰는 일이 목적이기 때문에 더한 것을 가지고 가면 딴생각을 할 수 있으므로 미리 모든 것을 차단할 목적이었다. 글을 쓸 때 마감을 정해놓고 한다. 내가 언제까지 쓸 수 있다는 날짜를 정해놓고 글을 쓰면 왠지 그냥 막연하게 하는 것보다 훨씬 시간 활용이 좋았다. 이번에도 여전히 날짜를 정했지만, 이번엔 다양한 행사들이 추가되는 바람에 지키기 어려웠다. 일주일이란 시간을 더 허락해준 나에게 자신의 약속을 지키기 위해 미리 글을 쓴다. 날씨가 도와준다. 스탠드 하나 켜놓기 딱 좋은 날이 계속된다. 그래서인지 글을 쓰는 데 몰입감이 좋다.

　나만의 정원이 무엇이 있을까 골똘히 생각해본다. 내가 앉아있는 책상 그리고 작은 거울 앞 또 각종 SNS가 아닐까?

　아침에 일어나 나만의 공간 책상에서 글을 쓴다. 하얀 A4용지를 펼쳐놓고 뚫어지게 쳐다본다. 한 문장에서 내가 쓸 수 있는 내용을 상상한다. 그럼 한 문장에서 다양한 생각들이 떠오른다. 과거, 현재, 미래를 오가며 나의 삶에서 가본 길에서 가보지 않은 길들을 상상해본다. 이렇게 써 내려간 내 생각이 글로 남아 어느새 꽉 찬 마무리를 한다. 내 책상에서 과연 무슨 일이 벌어지고 있는걸까? 내가 쓰고 있는 글이 무슨 이야기를 하려고 쓰고 있는지 나는 잘 모른다. 그때마다 떠오르는 이야기를 그저 적어나간다. 그럼 다양한 색으로 표현된다. 어느 날은 초록빛으로 어떤 때는 오렌지빛으로 어떤 때는 하늘빛처럼 느껴진다. 글이 주는 위안이 내가 살아온 길 위에서 왜 그런 일이 있었는지 그 일을 통해 내가 어떤 감정으로 해석해야 하는지 뭔가 깨달아진다. 그렇게 글이 나를 증명해 보이고 내가 하는 일들의 확신을 더 해주니 내가 걸어가는 발걸음에 힘이 들어갔다. 매일 매일 글을 쓰면서 나를 증명해 보였다. 내가 자신 있게 생각해야 할 것도 너무 쫄고 있었구나! 하는 후회가 느껴졌지만 다시는 그렇게 하지 말아야지 속으로 다짐을 해본다. 내가 매일 나를 일으키며 응원하는 하루를 내 색상에 앉아서 매일 2시간의 의식을 하고 있다. 나만의 정원 1호가 되었다.

나는 훌라댄스를 추는 사람이다. 그럼 춤을 추기 위해서는 나만의 춤을 추는 공간이 있었으면 좋겠다는 생각을 한다. 그것이 어쩜 평생 나의 소원이 되겠지만 여간 돈이 많이 드는 것이 아닐 것이다. 그래서 거울에 전신거울이 있는 쪽이 나의 연습 장소이다. 폭이 30cm, 높이 150cm 내 키가 그리 크지 않아 겨우 쳐다보면서 동작을 확인한다. 원래 거울 뒤에 있는 창으로 비치는 내 모습이 어쩜 더 자세하게 보일 때가 많다. 그래도 음악을 들으며 춤을 추는 시간을 양보할 수는 없다. 언젠가는 온라인으로 수업을 할 때는 집 안의 거실이 수업 장소가 되었다. 소리를 크게 지르며 설명을 하고 음악을 크게 틀어놔야 전달되는 상황에서 수업하기란 가정집에서는 서로가 불편한 상황이었다. 도전으로 얼마 하진 않았지만 재미있는 경험이 되었다. 내가 연습하던

편한 공간에서 온라인수업을 할 수 있는 것이 대범하기도 하고 행복하기도 했다. 어색한 동작들을 익히고 반복해서 연습하기에는 무리가 없었다. 내가 서 있는 곳이 무대이고 내가 춤추고 있는 공간에 난 언제나 주인공이 되었다. 내가 서서 훌라댄스를 연습하는 거울 앞이 나의 두 번째 정원이다.

그리고 또 있을까 생각을 했는데 있었다. 내가 글을 쓰고 춤을 추고 나면 감상을 적는 곳이 있다. 인스타그램이다. 사진만 있으면 올리고 예전엔 짧은 글을 썼지만 내 글을 읽은 인친들이 생겨서 하루의 안부를 진심을 다해 글을 쓰다 보니 긴 글이 될 때가 있다. 하루의 일상 중에 가장 포인트가 되는 순간을 정해 그것에 대한 설명과 내 생각을 적을 때는 또 한 번의 감사가 밀려온다. 내게 오늘도 참 좋은 일들이 있었구나! 함께 했던 사람들과 행복했던 순간들이 더 부각이 되면서 좋은 감정들이 떠오른다. 사람이 참 긍정적으로 변하는 것 같다. 남들이 올려놓은 사진과 영상을 보며 간접적인 경험을 할 수 있어서 좋고 나도 그런 생각을 했는데 하며 공감이 가는 순간이 짜릿함이 있다. 중독된 것은 아니다. 적당하게 정해진 시간에 보고 글을 올리기 때문에 많은 시간이 들지 않는다. 각각의 용도에 따라 내 생각을 정리한다. 블로그와 페이스북에 글을 쓴다. 블로그는 종합해서 다양한 내용을 한꺼번에 정리하면 좋다. 페이스북은 다양한 행사에 참여하고 느낀 부분을 적을 때 너무 좋은 정리 도구이다. 내가 어떤 활동을 하고 내가 어떤 깨달음을 얻었는지 적어나가면 내가 조금씩 자라나고 있다는 생각을 하게 된다. 생각의 폭이 넓어지고 깊어진다는 것은 내가 그만큼 성장했다는 뜻처럼 느껴진다. 다만 내 얼굴을 노출하는 것에 거부반응이 없으면 좋다. 내가 노출되는 것을 두려워한다면 SNS 활동은 어려움이 있을 것이다. 낯설지 않은 SNS 속 나의 모습은 나의 역사가 되고 내가 살아온 흔적을 남기게 될 것 같다. 내가 지내온 시간이 사진으로 영상으로 남고 있으니 말이다. 코로나 때 만들어 두었던 유튜브도 나의 세 번째 정원이다.

계속 나만의 정원에서 있는 나는 행복하다. 그것이 나이기 때문이다. 정원은 가꾸어야 한다. 방치되면 시들어버리고 볼품없어진다. 철 따라 잘 피어나도록 거름도 주고 시들어버린 곳도 어루만져 주고 살펴야 한다. 그곳이 지속해서 이루어가고 가꾸어 가는 것이 필요하다. 그 정원의 주인은 바로 '나'이다. 아무도 방해할 수 없는 내가 거기에 있으면 편안하고 즐거운 곳 그곳에서 나만의 즐거움뿐만 아니라 누군가를 위해 전해질 행복을 상상하며 연습하고 노력하는 공간이다. 다른 사람들은 이해할 수 없지만 내가 즐거우면 된다. 만약 그 즐거움을 이해하고 아는 사람들이 분명히 생길 것이다. 그럼 아마 시간 가는 줄 모르고 이야기를 나눌 수 있겠지만 매일 정해진 시간에 할 수 있는 즐길 수 있는 나만의 정원이 있다는 그것만으로 좋다. 한번 찾아보자. 나만의 행복할 수 있는 공간, 정원이 있기를 바란다. 그래서 나를 위한 시간을 만들고 점점 가꾸고 아름다워진다면 분명히 향기가 날 것이다. 그 아름다움이 나만을 위한 공간이 아니라 꿈을 깨우는 공간이 될 것이다. 누군가가 알아주지 않아도 좋다. 내가 나의 향기에 취해 즐거우면 그것도 좋다. 내가 매일 아침 앉아서 끙끙거리며 글을 쓰는 오랜 시간이, 조그마한 거울 앞에서 한 동작 한 동작 연습하는 시간이, 핸드폰을 들여다보며 예쁘게 꾸미기 위해 애쓰는 순간들도 나에게 무척 행복한 순간이다. 바로 나를 만들어 주는 나의 존재를 더욱 분명하게 해주기 위한 귀한 공간이 되어주는 것에 만족한다. 엄마들이여 당당하게 찾아보자. 나만의 정원, 내가 있으면 행복한 공간을 그리고 그것을 점점 가꾸어 가는 시간을 확보하자. 내가 자라고 성장하는 정원이 분명히 있을 것이다.

내 미래는 내가 결정한다

"꿈이 있으신가요?"

나이가 많아도 적어도 꿈은 있어야 한다고 생각한다. 책을 읽고 나는 다시금 내가 정신을 차리게 되었다. 예전엔 남편을 잘 만나면 새로운 삶을 사는 것처럼 생각했다. 여자가 울면 집안이 망한다고 하는 시절이 많이 지났지만, 그 말의 영향을 받고 성장했다. 그래서 남편이 잘돼야 내가 산다고 생각했지 내가 일어서서 남편의 기를 세울 수 있다고 생각은 하지 않았다. 오로지 의지해야 하는 사람으로 생각했는데 그 마음이 바뀌면서 꿈이 생겼다. 하지만 그 꿈은 지금과 조금 달랐다. 사회적인 성공이 꿈의 목표였고 목적이었다. 많은 숫자가 성공의 척

도가 되기도 했다. 하지만 지금은 조금 다르다. 많은 것, 큰 것의 부러움보다는 진정으로 내가 가치 있게 생각하는 것의 의미를 더 존중하고 소중하다는 생각이 든다.

그것이 꿈이 되었다. 남들이 인정하지 않아도 나만의 꿈이 이루어진다면 모든 것을 다 이룬 것이 될 것 같다. 그 기준이 나로부터 시작해야 한다는 것이다. 엄마가 만들어 준 꿈의 종류와 다르다. 어떤 사람, 무엇을 하는 것에 끝이 맺어지는 정해진 명사가 아니라 끊임없이 살아가는 동사형의 미래를 꿈꾸고 있다. 나이가 들어서 무얼 할 것인지 결정해야 한다. 요즘같이 수명이 계속 늘어나는 시대에 살면서 내가 어떻게 살아야 하는지 미리 생각해두지 않으면 시간은 참 빨리 흘러갈 것이다. 그래서 너무 멀리 기준을 정하면 힘들어서 항상 10년 후를 생각한다. 30대에 40대를, 50대에 60대를 염두에 두고 현재를 준비하며 살아가는 것이 바람직하다고 생각한다. 그래서 내가 현재 사는 행동이 저축해놓듯 10년 후를 위한 발걸음이 되는 것이다. 내가 되고 싶고 하고 싶은 것을 한 점을 찍고 또 찍고 또 찍다 보면 나도 모르게 선이 된다. 그 선이 연결되면 형태가 조금씩 잡힌다. 그 형태가 내가 가야 할 길이 만들어진다. 그 형태를 아름답게 만들기 위해선 선택과 집중을 잘해야 한다. 그렇지 않으면 변형된 형태가 되어서 다듬으려면 더 많은 시간이 걸리기 때문이다. 그래서 신중에 신중을 더해가야 한다. 젊었을 때는 기운이 남아돌아 몇 바퀴를 돌아도 지치지 않고 자고 일어나면 충전이 빨리 되었다. 하지만 요즘은 조금만 시간을 달리쓰면 체력이 바닥이 난다. 회복하려면 몇 배의 시간을 들여야 한다. 그만큼 시간이 많은 것 같아도 이것저것 할 수 있는 한계가 있다는 것을 느낀다. 하지만 도전하는 것에선 조금 다르다.

매일 나를 새롭게 하고 새로운 것을 두려워하지 않은 정신을 무장하는 것은 중요하다. 여러 가지 경험 때문에 단련되어 지혜롭게 생각하게 한다. 그래서 부드럽게 다른 사람들을 만나는 두려움은 없다. 내가 살아온 길이 아닌 다른 사람들의 삶을 직접 간접적으로 알고 싶은 욕구가 생긴다. 세상을 너무 좁게 살아온 것이 아무래도 신경이 쓰인다. 넓은 세상에서 내 앞의 문제만을 해결하며 살아온 삶이 조금 부끄럽게 생각이 든다. 그럼 내가 할 수 있는 것은 무엇일까? 아주 작은 일을 소중하게 생각하는 것 같다. 가장 위대한 것은 내가 하는 일이 된다고 생각한다. 내 주변의 모든 것들을 소중하게 생각하는 것이다. 조금 비겁하게 조금 이기적으로 나를 생각하는 것이다. 누구의 누가 아닌 나이기에 내가 하는 일을 정의할 수 있다. 그리고 그것을 증명할 수 있다. 힘들여 설명하려고 하지 말고 즐겁고 행복한 일이 된다면 하면 된다. 우리는 전쟁의 비참함을 모른다. 시대적인 혜택을 보고 자라서 그런대로 발전한 시대에 살고 있으므로 어쩔 수 없는 상황에서 살아야 하는 절박한 상황을 겪지는 않았다. 그래서 고생이라고 생각하는 폭이 좁을 수 있다. 하지만 무엇이 중요하고 귀중한 것인지 구분할 수 있는 능력은 있다.

　내가 원하는 것이 있으면 하면 된다. 하고 싶다고 노래를 불러도 실행하지 않으면 아무것도 이룰 수 없다. 그냥 빈말로 하고 싶다고 말하는 것과 절박하게 하고 싶은 사람은 조금 다르다. 눈빛에서부터 그 절실함이 나온다. 매사에 절실할 필요는 없어도 적어도 자기가 하고 싶은 일은 끝까지 매달려야 한다고 생각한다. 그래야 근처까지 갈 수 있다. 다른 사람들은 쉽게 잘되는 것 같은데 왜 나는 매일 제자리에 있는지 모르겠다고 한탄만 하면 아무것도 이룰 수 없다. 왜 그렇게 되었는지 자세히 파악하고 알아보면 무수히 많은 일을 남모르게 했기 때문에 그 결과를 만들어냈다. 세상에 공짜는 없다는 것을 살면서 더욱 느낀다. 그래서 할 수 있는 한 좋은 일은 많이 하면 좋다는 말이 있다. 하고 싶은 일이 있으면 그 바닥으로 나를 던져넣어야 알 수 있고 할 수 있는 것들이 생긴다. 무엇이든 배울 수 있는 것은 경험하는 것이 좋다고 생각한다. 그래야 더욱 미래를 결정하고 만들어 가는데 지혜가 생긴다. 감당할 수 있는 고통을 즐기는 것이 좋아하는 것을 하는 사람들의 특권이고 자랑이다. 그만한 것도 참지 못한다면 즐길 자격이 없다. 무엇이든 아무리 좋아하는 것을 한다 해도 그만큼의 노력이 필요하고 반복하는 것이 필요하다.

내가 사랑하는 일을 하면서 돈을 벌고 있다. 내가 좋아하는 훌라댄스를 하면서 돈을 안 받아도 행복한 마음으로 춤을 출 수 있을 것 같은데 보너스처럼 돈이 들어온다. 앞으로 나의 미래에 내가 하고 싶고 좋아하는 일을 하면서 내가 원하는 일을 하면서 내가 꿈꾸는 인생을 사는 것이다. 더 내 인생에 시간을 낭비할 이유가 없다. 다시 시작한다고 너무 늦지 않는다. 새로운 시작에 너무 겁을 먹을 필요가 없다. 사회적으로 만들어 놓은 기준에 내가 맞출 필요는 없다고 생각한다. 사람의 성장 속도는 다르기 때문이다. 내 마음속의 원하는 소리에 귀 기울여서 용기를 내어보면 할 수 있다. 여전히 자신을 억누르면 아무것도 성취할 수 없다. 기회가 오면 그것을 잡고 그 흐름에 따라야 한다. 선택은 언제나 내 몫이다. 꿈이란 후회 없이 진실한 마음으로 기쁨에 가득한 삶을 살아가는 것이다. 세상의 기준으로 만들어 놓은 물질적인 보이는 거대한 부나 명예를 만드는 것이 아니다. 소소하고 소박하지만 모든 면에서 내가 탁월하게 잘 할 수 있도록 용기를 주고 끊임없이 도전하는 마음이 식지 않게 하는 것이다.

내 미래는 내가 결정한다. 내가 가진 에너지를 최대로 끌어모아 내가 가고자 하는 길을 향해 행동해 보자. 믿고 의지하고 바라는 대로 꿈을 꾸어 보자. 너무 많은 생각을 내려놓고 꿈이 스스로 아름다운 길이 되도록 노력해보자. 내가 할 수 없는 것도 더 큰 힘의 에너지가 도와줄 것을 믿고 숨을 크게 들이마시고 가슴을 활짝 열어보자. 분명 기적이 보이기 시작할 것이다. 내가 바라는 미래가 아주 조금씩 보이기 시작할 것이다. 아침에 유난히 지저귀는 새소리가 아침의 싱그러움을 노래하듯 부지런한 새로운 날을 준비하라는 응원의 소리로 들린다. 알람을 맞추지 않아도 저절로 일어나는 새벽 어김없이 글을 쓰고 있는 이 루틴도 나에겐 기적이다. 이 모든 것이 내가 선택한 행동에서 비롯되고 그 선택에서 즐거움과 기쁨 그리고 보람이 느껴진다. 매일의 히루가 자유롭게 때론 바쁘게 지나간다. 하늘 끝에 반짝이는 자신의 잎사귀들의 모양처럼 각양 다른 자신의 미래를 만들어 보면 어찌 아름답지 않을 수 있겠는가? 누가 너는 왜 그런 모양으로 자랐는지 아무도 탓할 사람이 없다. 나의 미래에 만들어질 모양이 바로 나이다. 최선을 다해 살았는지 그 모양대로 제대로 성장했는지가 중요하다. 내 모양대로 원 없이 살아갈 준비가 되었는가? 그럼 출발하자.

간절히 원한다면 이루어진다

"100일 100번 쓰기."

무언가 성취하고 싶은 목표를 100일 동안 100번 적는다. 똑같은 숫자를 혹은 문장을 백번 적는 것은 어쩜 무의미해 보일지 모르지만, 무의식 속에 간절함이란 의미가 포함될 것 같다. 내가 원하는 것을 매일매일 생각하게 되면 그것을 성취하고 싶은 일들을 만들게 된다. 무의미하게 적어나가지만, 여전히 그 마음에 될 거라는 확신이 그것을 이루고 싶은 열망을 만들어 갈 것 같다. 쉬고 있으면서도 계속 그 목표를 생각하고 있을 것이고 그것을 이루겠다는 끊임없는 아이디어와 기회가 생기게 될 것 같다. 그래서 결국 그것을 성공한 예로 이야기하는 것을 들었다.

　내가 원하는 것이 무엇인지 분명히 알아야 한다.

　송년회 때 발표를 준비하고 있었다. 오래도록 공연이 멈춰있었기에 너무 많이 떨렸다. 어떻게 할까 생각하다. 그럼 '100번 연습을 하자' 하고 결심했다. 떨지 않고 완곡을 제대로 하는 방법은 연습밖에 없다고 생각했다. 연습을 실전처럼 실전을 연습처럼 하면 조금 자유롭게 즐길 수 있을 것 같았다. 그래서 남은 날을 헤아려봤다. 그리고 하루에 10번씩 하면 100번을 채울 수 있는 계산이 나왔다. 그래 적어도 10번은 해야 한다. 그럼 아침에 5번, 저녁에 5번 해야 연습량을 맞출 수 있을 것 같았다. 그때는 직장을 다닐 때여서 근무시간 제외하고 남는 시간을 선택했다. 한 곡이 4분 정도 걸렸으니까 아침저녁 1시간 이상 꾸준하게 연습을 한 셈이다. 그것이 내게 익숙하여지도록 하고 둘이서 하는 곡이기 때문에 혼자서 잘하면 소용이 없었다. 다행히 함께한 동료도 마음이 맞았다. 온라인으로 서로 연습하면서 호흡을 맞추었다. 그날 우리는 무척 긴장되었다. 무대가 떨리지 않는 사람은 아무도 없을 것이다. 하지만 믿는 구석이 있었다. 연습한 만큼 하면 된다는 위로와 안도감에 마음이 차분해졌다. 그리고 틀려도 괜찮아하며 서로에게 격려와 응원을 해주었다. 너무도 짧은 순간이 천천히 흘러가는 느낌이었다. 앉아있는 사람들의 고요함에 나의 손끝의 떨림이 느껴졌다.

가사에 몰입하면서 간절한 마음으로 표현에 집중했다. 무사히 끝나고 나서의 박수 소리에 다시 한 번 감격스러웠다. 해냈다 내가 하고 싶었던 표현을 하고 나온 마음의 평안함은 끝나고 나서도 계속되었다. 무사히 무대를 마치는 것과 내가 좋아하는 것을 너무 떨려서 망쳐버리지 않도록 하기 위한 내 마음의 소원이 이루어진 순간이었다. 춤을 추는 사람들은 느낀다. 내가 추고 있는 춤을 바라보는 에너지를 느낀다. 그 많은 감정을 공유했다는 것으로 만족한다. 기쁘게 무대를 내려올 수 있다는 것이 기분 좋은 감동을 준다.

원하는 것을 확인하고 계속 생각하는 것도 중요하다.

내가 강사가 되겠다고 생각하고 교육장을 알아보고 있었을 때 '50 플러스'라는 곳을 알게 되었다. 50대, 60대의 커뮤니티가 이루어지고 신선하고 다양한 프로그램이 운영되는 곳이기에 이곳에 훌라댄스 수업이 있으면 좋겠다는 막연한 생각을 했다. 그리고 우리 동네에 강동센터가 들어온다는 것도 알게 되었다. 인테리어를 할 때쯤에 주변을 서성이며 간절한 마음으로 기도했다. "이곳에서 수업하게 해주세요" 산책을 하고 돌아가는 길을 일부러 선택해서 "여기에 꼭 들어가고 싶어요" 하며 인증사진을 남기고 바라보고 또 바라보았다. 그리고 홈페이지가 만들어졌고 그곳에서 공지글을 찾아보았다. 강사가 되기 위해 어떻게 해야 하는지 궁리하기 시작했다. 때마침 '사람품 학교'라는 프로그램 공지가 올라왔다. 재능 있는 강사들에게 기회를 주는 프로그램이었다. 망설임도 없이 응모했다. 첫 번째 도전은 동영상으로 제출하는 과정이었는데 조금 고상하게 훌라댄스를 설명하는 것으로 해서 그런지 떨어졌다. 크게 실망을 했지만, 나의 도전은 멈추지 않았다. 상반기를 놓쳤기 때문에 하반기에 도전했다. 다행히 서류에서 합격하고 면접을 대면으로 본다고 했다. 이 기회를 놓칠 수 없어서 훌라댄스가 무엇인지 제대로 보여주고 싶은 마음이 들었다. 그래서 속눈썹만 제외하고 무대에서 공연하는 복장을 하고 면접에 들어갔다. 심사하시는 분들의 놀라는 표정을 잊을 수 없다. 그리고 최선을 다해 주어진 시간에 어필한 것 같다. 나의 간절한 포부도 전해드렸다. 훌라댄스 대중화를 위해서 열심히 알리고 싶다는 이야기를 할 때 고개를 들면서 일부러 나의 표정을 살피는 분도 있었다. 그만큼 나는 간절했다. 결과는 합격이었다. 어두운 밤, 정문 앞을 서성거리며 간판을 쳐다보던 시간이 스쳐 지나가며 나도 여기서 수업을 할 수 있다는 안도감 그리고 막연했던 바람이 이루어지는 순간에 나는 감격할 수밖에 없었다. 기적 같은 일이 벌어진 것 같다. 결국, 내가 만난 회원들에게 훌라댄스의 즐거움을 기쁘게 신나게 전할 수밖에 없지 않겠는가? 그렇게 하고 싶은 일을 이루었기 때문이다. 내가 최종으로 목표하는 것은 정규과목으로 들어가는 것이다. 그것이 이루어질 때까지 계속 문을 두드리는 방법밖에 없다. 많은 사람이 원하는 프로그램으로 만들어야겠다는 생각뿐이다.

　원하는 것이 이루어지는 것은 기적이 아니다.

　하루아침에 이루어지는 법은 없다. 설사 그것이 이루어진다 해도 쉽게 잃어버린다. 원래 노력하지 않고 얻어지는 것은 쉽게 없어진다. 하지만 수없이 남모를 노력이 있었기 때문에 이루어진 것은 다르다. 땀 흘려 모은 돈은 쉽게 써버릴 수 없다. 사용할 때 한 번 더 생각하게 된다. 하지만 갑작스럽게 생긴 보너스 돈은 나도 모르게 크게 써버려 없어지고 만다. 내가 원하고 바래서 이루어진 기적 같은 일들은 우연히 되는 법은 없다. 수없이 반복된 세월의 무게만큼 견디고 살아왔기 때문에 기회가 온 것이고 그 기회를 잡았기 때문에 이루어진 것이다. 우연히 어느 날 갑자기 나에게 주어지는 과제는 없다고 생각한다. 내가 할 수 있을 만큼 주어지고 감당할 수 있는 만큼 이루어지는 것이 바르다고 생각한다. 그것이 가장 행복하게 사는 지름길이라는 생각이 든다. 내가 원하는 것이 척척 이루어진다면 얼마나 교만하겠는가? 자신의 능력을 과시하고 자랑하고 싶은 마음이 얼마나 많겠는가? 사람들은 아주 어려웠을 때의 기억은 쉽게 잊어버린다. 그래서 늘 승승장구하고 싶은 마음뿐이다. 인생은 언제나 파도 타듯 흘러가는 것을 내가 안 것은 얼마 되지 않는다. 그래서 잘되고 잘나가는 사람이 부럽지 않다. 충분히 현재를 즐기고 행복한 사람에게 시선이 간다. 고난을 이기고 원하고 바라는 삶을 사는 사람들의 이야기에 더 관심을 가진다. 내가 아직 원하는 것이 무엇인지 모르면 찾으면 된다. 그것을 향해 현재의 삶을 충실히 살아가는 것이 간절하게 살아가는 방법이다.

간절히 원한다면 이루어진다. 될 때까지 하면 반드시 이루어진다. 다만 간절히 원하는 것이 무엇이냐에 따라 행복이 달라지기는 할 것 같다. 연기처럼 사라지는 것을 간절히 원했는지 몽글몽글 따뜻한 결말을 위해 간절히 원했는지는 모르겠다. 하지만 분명한 것은 자신이 결정한 행복한 미래에 웃으며 걸어갈 수 있는 것이면 좋겠다. 혼자만의 미소 말고 손뼉 치며 웃으며 함께할 수 있으면 더 좋겠다. 진심으로 응원해주고 손뼉 쳐줄 수 있는 소망을 향해 아주 간절하게 원하는 것을 이루었으면 좋겠다. 더불어 행복해질 수 있는 것들을 생각하고 노력한다면 얼마나 아름다울까?

훌라댄스 추며
새로운 인생 설계해보자

도전하는 삶이 즐겁다. 새로운 것에 대한 두려움보다 호기심이 더 많아 용기를 내서 다시 지원했다. '사람품 학교 5기' 공지를 보는데 가슴이 떨렸다. 내가 그토록 하고 싶었던 장소에서 지난 너무도 벅차게 잘 마무리한 기억이 새록새록 떠올랐다. 그래서 신청을 했다. 다행히 서류심사에서 합격했고 면접이 기다리고 있었다. 수업하는 모습을 3분 동안 시연하는 것이다. 면접을 보는 날, 나는 어떤 것을 준비할까 곰곰이 생각했다. 그 짧은 시간에 나를 어떻게 잘 기억하게 보일 수 있을까를 생각했을 때 딱 3가지는 전달해 주고 싶었다. 준비하는 모습,

하고 싶고 좋아하는 에너지, 겸손한 태도 이것에 주안점을 잡았다.

준비하는 모습

우선 3분이라는 짧은 시간에 임팩트있게 전달할 수 있는 것은 전달하는 내용이 짜임새가 있어야 할 것 같았다. 허둥지둥하다가는 시간이 금방 흘러갈 것이고 미쳐 내가 이야기하고 싶은 것을 전달하지 못하고 퇴장하게 되면 나를 보고 평가하는 심사위원들을 감동을 주기가 어려울 것 같았다. 그래서 3분 정도의 원고를 작성했다.

알로하!!

오늘은 후키라우송이라는 훌라댄스를 배워보도록 하겠습니다.

하와이 어부들이 물고기를 잡으며 보내는 하루를 재미있게 묘사한 노래인데요.

이 노래에 맞추어 춤을 추겠습니다.

우선 물고기 손 모양을 한번 만들어 보겠습니다.

(엄지를 편 상태로 왼손을 앞으로 내밀고 오른손을 그 위에 놓아보세요. 엄지를 꼬물꼬물 움직이면 물고기가 헤엄치는 모습 같지요)

음악에 맞추어 춤을 춘다. (1분 30초)

훌라댄스는 부드러운 동작이 반복되면서

관절에 무리하지 않으며, 함께 춤을 추면 더 좋은 힐링 댄스입니다.

얼굴에 가득 미소를 지어가며

자신의 아름다움을 키워가는 춤이지요

동아리 활동으로 서로 모여

춤을 출 수 있는 신나고 즐거운 춤입니다.

함께 춤을 추어 보시겠어요?

감사합니다.

머릿속에 이 내용을 암기했다. 당일 무슨 의상으로 입으면 좋을까 고민하다가 그날 아침이 너무 맑았다. 그래서 하늘색의 파우스커트와 파란 백합 그리고 흰색 플루메리아 꽃을 준비하고 귀에 편안하게 음악 소리가 들리도록 스피커를 따로 준비했다.

하고 싶고 좋아하는 에너지

면접이 시작되는 날 내 순서를 기다렸다. 속눈썹을 제외하고 나는 공연하는 모습으로 준비를 마치고 기다리는 시간은 긴장이 되었다. 이름이 새겨진 이름표를 왼쪽 가슴에 붙이는 순간부터 떨렸다. 다른 면접자들과 함께 초조하게 기다리는 모습을 기억하고 싶어 인증사진 을 찍었는데 웃음기 없는 모습에 그때의 내 심정을 상상할 수 있었다.

내 이름을 불렀다. 문을 열고 들어갔는데 심사위원 3명이 앉아있었다. 남자분 1명, 여자분 2명 내가 들어갔는데 긴장하는 모습을 보시고 "이 방이 환하게 밝아진 느낌이네요. 아주 좋은데요" 하며 칭찬을 해주었다. 공연하는 것처럼 의상을 입었으니 눈에 확 들어오는 느낌이 드신 것이 분명했다. "감사합니다"하며 바로 환하게 웃었다. 그리고 시연을 하기 전 질문을 하셨다.

"지난번 사람품 학교를 진행하신 것 같은데 또다시 지원한 이유가 있을까요?" 갑작스러운 질문에 솔직하게 이야기를 드렸다. " 제 자랑은 아닙니다. 전 접수가 시작되고 바로 마감이 되었다는 소식을 들었습니다. 대기 신청자들이 많았는데 할 수가 없어서 아쉬워하는 분들이 있었습니다. 그래서 다시 도전해서 훌라댄스를 가르치고 싶었습니다." 그리고 시연을 했다.

알로하 인사를 밝은 톤으로 소리를 높였다. 그것은 나의 자신감 있는 태도를 보여주고 싶었기 때문이다. 그리고 차분하게 하지만 신나게 춤을 추고 설명했다. 가끔 고개를 들며 나를 쳐다보는 시선을 느꼈지만, 평소 수업하는 모습처럼 최선을 다했다. 숨돌릴 틈도 없이 질문이 이어졌다.

"가까운 곳에서 훌라댄스를 가르치고 있는데 또 여기서 훌라댄스를 가르쳐야 할까요? 그쪽으로 안내해 드리는 것도 좋은 방법 같은데요 어떻게 생각하세요?" 짧은 순간이지만 망설임 없이 다시 이야기했다.

"저도 여러 번 권유를 드렸습니다. 제가 가르치는 회원의 대부분은 50~60대세요. 그런데 조금 멀리 떨어진 곳으로 이동하는 것을 번거로워하는 것을 느꼈습니다. 그래서 더욱 여기에서 강좌를 열고 싶었습니다."

겸손한 태도

대답하는 동안 나는 두 손을 모으고 경청의 태도를 유지했다. 그것은 무언에 나의 태도도 점수에 반영된다는 것을 안다. 또 다시 질문이 이어졌다.

"재능기부 한 적이 있을까요?" 또 머릿속에서 떠오르는 이야기를 서슴지 않고 이어갔다.

"네, '누구나 배움학교'에서 지도한 적이 있어요"

"내가 담당자인데요. 그것은 유료로 진행된 것 같은데요?" 거기서 담당자를 만날 줄 몰랐다. 당황하지 않고 내 느낌을 이야기했다. " 어머 그래요. 저를 살려준 프로그램이에요" 하며 반가움에 한 번 더 웃었다. "신청하는 회원이 계속 늘어서 두 요일로 수업이 진행되어서 20회를 진행했습니다. 보고는 10회로 드렸습니다." 그때의 즐거운 기억이 스치고 지나갔고 약간의 표정이 밝아졌다. 지나고 나니 암사도서관, 기타 재능기부 한 곳이 떠올랐는데 그때 아직 설명을 못 한 것이 아쉬움이 남았다. 하지만 예상하지 못한 질문을 받으면서 순간 설명을 한 기억에 안도감을 느꼈다. 결과는 어떻게 나올지 모르지만 나는 또다시 도전했고 질문과 답을 통해 무의식 속에서 내가 어떤 생각을 하고 있는지 스스로 느낄 수 있었다.

홀라댄스를 추면서 새로운 것에 도전하며 새로운 인생을 설계하는 것이 너무도 행복하다. 내가 만나는 사람들의 밝은 에너지를 주고 받으며 난 또 꿈을 꾸게 된다. 내가 생각하는 것을 현실에서 이루어가고 그 위에 계속 쌓아간다. 좋은 것이든 후회하는 것이든 모든 것이 내 삶의 한 부분이기에 나는 다 흡수하고 받아들일 준비가 되었다. 어렵다고 느끼는 것도 내가 좋아하는 마음마저 빼앗아 갈 수는 없을 것이다. 분명 처음 의도하는 방향처럼 흘러가지 않을 수도 있으므로 나는 보자기같이 어떤 형태이든 맞추어 가는 사람이 되고 싶다. 내가 만들어 놓은 틀에서 맞지 않는다고 투덜대며 허비하고 싶지 않다. 인생이 뜻대로 되지 않는다는 것을 이미 약간은 알아버렸기 때문에 그리 빡빡하게 살고 싶은 마음은 없다. 하지만 중요한 것은 내가 지킬 수 있는 용기와 결단을 가질 필요는 있다. 그것을 홀라댄스를 하면서 만들어 가고 싶다. 행복하게 살아갈 수 있는 지름길을 안내해줄 것 같은 확신이 든다.

엄마도 이제, 자신의 길을 가라

엄마의 전화를 받았다. 그리고 친구가 하늘나라로 갔다는 이야기를 했다. 갑작스럽게 암 선고를 받았다고 걱정을 했는데 또 갑작스럽게 죽음을 맞이하는 친구를 생각하는 엄마의 마음이 먹먹함을 느낄 수 있었다. 그리고 걱정이 되었다. 이제 팔순이 되면서 무척 나이 들어간 할머니 같은 느낌을 받았다. 내가 느끼는 엄마는 일반 나이 또래의 사람들보단 항상 젊다고 느꼈는데 어쩜 '우리 엄마도 나이는 못 속이는구나!'하는 생각이 들 때가 있다. 점점 멀리 여행 가는 것을 피곤해하고 귀찮아했다. 누군가의 아픔이 또다시 두려움으로 변할까 봐 미리

방지하기 위해 건강검진을 받아야겠다고 결론을 내리고 결과에 한숨을 돌렸다. 어느 날 훌라댄스 수업을 다 마친 후 도란도란 커피를 마시며 회원이 이야기했다 "마음은 젊은데 몸이 못 따라와서 조금 기다릴 때가 있어요" 통장일 맡아 하며 발레, 연극 등 다양한 배움을 즐기는 회원이다. 적극적인 성격으로 다른 사람들을 일일이 잘 챙겨주는 회원이 언제나 보기 좋았다. 때론 시를 쓰는 시인이 오기도 하고 멀리 훌라댄스를 하려고 찾아오기도 하고 사업을 하거나 강사로 활동하는 각자의 상황에서 열심히 살아가는 모습의 회원들을 훌라댄스를 하며 만남이 이어진다. 그럼 지연스럽게 삶을 어떻게 살아갈 것인가를 배우게 된다. 생명이 다하도록 어떤 모습으로 살아가야 하는지, 내가 진정으로 원하는 것이 무엇인지 진지하게 생각할 때이다. 이제는 내가 선택하며 살아가야 하지 않겠는가 생각이 든다. 어떤 선택이든 그 선택을 희망의 길로 만드는 일이 바로 나에게 달려있기 때문이다.

언제나 나를 격려하며 칭찬하는 지인이 있다. 나는 나보다 조금 더 사는 뒷모습을 가까이서 보는 것을 좋아하는 것 같다. 그리고 그 말이 잊히지 않는다. 언제나 때를 기다리다가 놓칠 때가 있다. 아이들 어릴 때는 공부시키고 애들 키우는데 내 젊음을 충실하게 살았다면 이제는 나이 많은 부모님께서 아프셔서 혼자 거동하기 힘들거나 병환으로 보호하며 살아야 한다는 이야기를 해준다. 그러니 지금 정신없이 나에게 충실하고 싶은 일이 주어질 때 충분히 즐기라는 이야기를 했다. 공감되었다. 내가 나를 키워보겠다고 시작한 아주 어린 아이 같은 내가 얼마나 좋아 보일까? 조금 지나면 하고 싶어도 할 수 없는 상황이 돌아올 수 있으니 지금 이 순간을 즐기라는 이야기가 너무 마음에 와 닿는다.

언제나 이것도 저것도 아닌 마음의 중심을 잡지 못하고 어중간한 경계에서 미지근하게 살아가는 것이 문제이다. 이래서 안 되고 저래서 못하고 각자 이유를 하나씩 만들려면 한도 끝도 없다. 늘 안된다고 아직은 아니라고 말을 하며 생각하면 아무 일도 할 수 없다.

이 땅에 태어나 분명한 목적이 없는 사람은 한 명도 없다. 그것은 내가 인생의 주인공이 되어 당당하게 살아가는 것이다. 그것이야말로 내가 이 세상에 태어난 첫 번째 이유이다. 누구의 엄마, 누구의 아내, 누구의 누가 아닌 네 이름 석 자를 당당하게 밝히고 그 이름값을 찾아야 한다. 그것이 바로 주인공이 되는 첫 번째 지름길이다. 삶을 너무 복잡하게 바라보지 않았으면 좋겠다. 언제나 '예' 할 것은 예하고 '아니오' 할 것은 분명하게 아니요, 하면 된다. 언제나 이것도 저것도 아닌 갈등과 고민에서 시간을 보낸다. 그리고 나중에 후회하며 살아간다.

"행복은 무엇일까?" 궁극적으로 사람들이 원하는 것은 바로 행복이라는 단어에 모든 것이 담겨있다고 생각한다. 모든 것을 다 가지고 있다고 행복할까 아니면 없으면 편안할까? 언제나 이런 고민 하며 한쪽으로 기울었다가 이것은 아니지 하며 뒤늦은 후회를 한다. 그리고 결론을 낸다. 다 가질 수는 없고 하나를 잃으면 하나를 얻게 되는 것이 삶이라는 생각이 든다. 너무 많은 돈이 있으면 관리하고 유지하려고 시간이 없어 스트레스를 받고 살아가야 하고 시간이 많으면 돈이 없어 부족하다는 생각으로 스트레스를 받는다. 이럴 수도 저럴 수도 없는 갈등이 반복되면서 세월은 흘러간다. 금방 내가 눈치채지 못할 정도로 훅 지나간다.

긴 안목으로 바라보면 세월이 흘러서 뒤늦게 무엇을 한다는 것이 그리 창피하고 부끄러운 일은 아닌 것 같다. 또다시 살아갈 미래의 시간이 있기 때문이다. 조급하게 문제를 풀기보단 내가 할 수 있는 능력만큼 살아가면 된다. 갑자기 급성장해서 추락하는 것보다 한발 한발 내 걸음으로 걸으며 즐기는 것이 좋다는 것은 살면서 저절로 배우게 된다. 그래서 성공이라는 기준이 많이 달라졌다. 대단한 일을 해내는 위대한 사람들만 성공한 것이 아니라 오늘 하루 최선을 다해 살아가는 것이 성공이라는 답을 찾을 수 있는 지혜가 생긴다. 큰 것만이 성공이라고 말하는 것이 아니라 작은 것도 매우 아름답다는 것을 알게 되었다. 화려하고 아름답게 피어있는 꽃들도 당연히 조명을 받아야 하겠지만 바위틈에서 손톱보다 작은 꽃들이 햇빛조명을 받으며 반짝반짝 빛나는 것을 보았다. 많은 사람이 인정해주고 칭찬받는 삶도 있지만, 한사람에게 꿈과 희망을 줄 수 있다는 것도 알게 되었다.

한 통의 전화를 받았다. 이름 모를 번호였다.

"훌라댄스를 가르치는 분이시지요."

"네."

"유튜브를 너무 잘 보고 있는 사람이에요 너무 배우고 싶은데 어떻게 해야 하나 생각하다 한번 전화해봤어요. 저는 지방에 살고 있어요."

한참 동안 궁금증과 내가 가르칠 수 있는 범위들을 설명하면서 통화를 마쳤다. 내가 만들었던 유튜브의 목적은 나의 훌라댄스 보물창고였다. 코로나 때 춤을 출 수 없을 때 한 사람이라도 이 영상을 보며 위로를 받았으면 좋겠다 하는 마음으로 제작하게 되었고 영상을 만들때 너무 기뻤다. 나만의 보물창고의 보물을 공유할 수 있다는 것이 감사하고 또 훌라댄스를 배우고 싶다는 저 멀리 사는 생생한 목소리를들을 수 있다는 것이 행복이었다. 아무 의미 없을 것 같은 혼자만의 작은 날갯짓이 누군가에게 기쁨이 되고 희망이 될 수 있다는 것이 벅차오르는 순간이었다. 세상에 공짜는 없다. 그리고 누군가에게 도움을 주고 내가 할 수 있는 것을 나눌 수 있다는 것이 이렇게 좋을 수 있는 지 미처 몰랐다. 할 수 있을 때 해야 한다. 꾸물거리며 머뭇거리지 말 아야 한다.

"내가 무엇을 할 수 있어?"
"아직 아무것도 모르는데 사람들이 뭐라 하면 어떡하지!"
"조금 더 완벽해지면 그때 하자!"
"할 수 없어. 하면 안 돼."
"네기 뭔데, 나보다 잘하는 사람이 얼마나 많은데"

걱정, 두려움 또 조급함이 있지만 한번 해보겠다는 열정이 이 모든 것을 덮을 수 있다. 지금 봐도 부끄럽다. 하지만 내가 어떤 마음으로 했는지 나는 느낄 수 있다. 내가 자랑하고 싶은 것이 아니라 내가 좋아 하고 즐거운 것을 기꺼이 나누고 싶은 마음이 있었기 때문에 실력으 로 보여주기보단 나의 작은 행복을 나누고 싶었기 때문에 당당하다. 지금은 그 마음을 알아주는 사람이 있다는 것에 너무 감사하다. 가르 칠 수 있는 때가 되어 나의 길을 만들고 있고 충분히 응대할 수 있는 실력이 있는 것이 또 감사했다.

나만의 길을 가는 것만큼 행복한 것은 없다. 내가 만드는 행복한 길을 내가 걸어가고 있으면 향기를 맡고 나비가 찾아오듯 날라 온다고 믿는다. 내가 즐거운 길을 갈 때 내가 부르는 노래에 맞추어 함께 해주는 응원하는 사람들의 힘을 믿는다. 내가 가는 길에 언제나 확률은 반반이다. 바로 앞의 스쳐 가는 두려움 때문에 절반의 가능성마저 잃어버린다면 고스란히 자신의 손해다. 처음부터 불가능한 것은 없다. 하나씩 하나씩 해결해가다 보면 내가 미처 몰랐던 것들이 보이게 된다. 한 걸음만 더 가면 볼 수 있는 것을 미처 이기지 못하고 안된다고 포기해 버린다. 인생은 언제나 외롭다. 아름다운 세상을 만들기 위해, 작은 불꽃을 살리기 위해 끊임없이 자신을 스스로 일으켜 세워야 한다. 그래서 매일 매일 해야 할 일은 희망의 따뜻한 응원을 보내야 한다. 그리고 걸어가야 한다. 기꺼이 나는 누구인지? 어떤 사람으로 살고 싶은지? 아침 해가 떠오르기 전 나에게 웃으며 오늘도 물어본다.

훌라댄스 엄마의 인생

초판 1쇄 발행 | 2024년 9월 12일

지은이 | 김경부
펴낸이 | 김지연
펴낸곳 | 생각의빛

외주편집 | 김주섭

주 소 | 경기도 파주시 한빛로 70 515-501
출판등록 | 2018년 8월 6일 제 406-2018-000094호

ISBN | 979-11-6814-080-6 (03810)

원고 투고 | sangkac@nate.com

* 값 16,800원